PING

OETINGER
34

OETINGER
34

KATHRIN LENA ORSO
& SPECIAL GUEST: BRITTA SABBAG ALS WOLKE

TRIFF DEN MOVIESTAR VON MORGEN

ROMY

MIT BILDERN VON LISA BRENNER

OETINGER 34

Für Steffi

Dieses Buchprojekt ist auf Oetinger34.de im Team entstanden.
Autorin: Kathrin Lena Orso
Umschlagillustration und Innenillustrationen: Lisa Brenner
Patin: Britta Sabbag

FSC
www.fsc.org
MIX
Papier aus verantwortungsvollen Quellen
FSC® C002795

Poppenbütteler Chaussee 53, 22397 Hamburg
Oetinger34, ein Imprint der Verlag Friedrich Oetinger GmbH

Text von Kathrin Lena Orso und Blogbeiträge von Britta Sabbag
Umschlaggestaltung von Meike Hamann
unter Verwendung von Illustrationen von Lisa Brenner,
Natalie Dombois und Joanna Hegemann
Satz: fuxbux, Berlin
Druck und Bindung: Livonia Print SIA,
Ventspils iela 50, LV-1002, Riga, Lettland
Printed 2017
ISBN 978-3-95882-043-2

www.oetinger34.de

KAPITEL 1

Romy Westing mit Pepa Käßmann und Greta Sandberg – hier: Flohmarkt – Boxhagener Platz

Der nächste Tag bringt einen Wandel.

Das prophezeite zumindest der Glückskeks, den ich gerade beim China-Diner in zwei Hälften geteilt hatte.

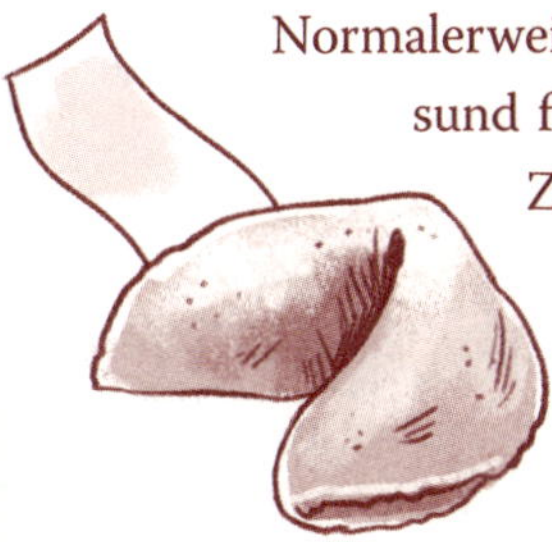

Normalerweise legte meine Mama großen Wert darauf, gesund für mich zu kochen, aber heute hatte sie keine Zeit dafür, weil sie zu einem superwichtigen Klangyoga-Seminar eingeladen worden war. Gut für mich und meine Freundinnen, denn so konnte ich mit den 20 Euro, die sie mir zugesteckt hatte, drei Riesenportionen gebratene Nudeln bei unserem Lieblings-Asia-Imbiss kaufen. Der lag genau gegenüber vom Boxi.

Eigentlich hieß der ja Boxhagener Platz, aber in Berlin machte man das mit dem i hintendran ständig: Görli, Kotti, Schlesi. Wenn jemand ankündigte: »Ich geh mal zum Kottbusser Tor«, konnte man ihn sofort als Nichtberliner entlarven.

Wir standen an einem Bistrotisch und beobachteten aus der Ferne das Flohmarkttreiben: bunte Stände mit Büchern, Klamotten und Antiquitäten, verliebte Pärchen, Kinder mit Eiswaffeln, die vegane Bratwürstchenbude …

Von der Straßenecke drang leise Jazzmusik zu uns herüber.

Greta klopfte den Takt an ihrer Colaflasche mit. Dann nahm sie meinen Glückskeksspruch und las ihn aufmerksam.

»Also, ich weiß nicht«, sagte sie. »Da kann man jetzt aber ganz schön viel reininterpretieren. Vielleicht verspürst du morgen eine unglaubliche Lust, dir die Haare grün zu färben?«

»Quatsch«, antwortete ich. »Das muss etwas mit der Theater-AG zu tun haben, oder, Pepa?«

»Grrsch …aargh!«

»Hä?« Ich guckte meine Freundin irritiert an. Pepas Gesicht war chilirot angelaufen. In der einen Hand hielt sie die Hälfte ihres Glückskekses, mit der anderen fuchtelte sie wild in der Luft herum. Der Zettel aus dem Keks war nirgends zu sehen.

»Pepa, hast du etwa deinen Spruch aufgegessen?!« Ich sprang zu meiner Freundin und klopfte ihr, so fest ich konnte, auf den Rücken.

»Romy, sie ist kein Teppich«, sagte Greta und warf mir aus ihren schwarz umrandeten Augen einen vorwurfsvollen Blick zu. »Trink einfach einen Schluck Cola, Pepa.«

Sie drückte ihr den Plastikbecher in die Hand. Pepa zog gierig am Strohhalm.

»Aaah … oh, Mann, danke. Das fiese Teil ist direkt in meiner Speiseröhre festgeklebt«, japste Pepa. »Diese Kekse sind voll lebensgefährlich!«

»Zumindest hast du jetzt viel Glück im Bauch«, sagte ich grinsend.

Ich überlegte, ob ich meinen Spruch vielleicht auch aufessen sollte. Sicher war sicher. Aber man musste ja nicht übertreiben. Schließlich war ich bestens auf den morgigen Tag vorbereitet. Eigentlich fehlte mir nur noch das perfekte Outfit.

Nachdem Pepas Gesicht wieder eine normalmenschliche Farbe angenommen hatte, gingen wir hinüber zum Flohmarkt.

Meistens musste ich nur eine halbe Runde über den Boxi drehen und hatte mindestens zehn Teile erspäht, die ich unbedingt haben wollte. Aber heute schien mein Shoppingsensor irgendwie kaputt zu sein.

Ich umrundete den Verkaufsstand und schob einen Stapel Touri-Shirts mit der Aufschrift *Berlin – ick liebe dir* zur Seite. Darunter kam ein gestreiftes Minikleid zum Vorschein.

»Meinst du, das gefällt Ben?« Ich hielt es vor meine Brust und guckte Pepa fragend an.

»Keine Ahnung.« Pepa zuckte mit den Schultern. »Woher soll ich das wissen?«

»Na ja, Ben ist schließlich ganz oft bei euch zu Hause? Da hat er vielleicht schon einmal irgendetwas erwähnt?«

Pepa kniff die Augen zusammen. »Hm … lass mich kurz überlegen. Nein.«

Na super. Sehr hilfreich. »Greta, was meinst du?«

»Wenn du morgen in der Theater-AG als Biene auftreten möchtest, würde ich sagen: Ja.«

Greta strich ihren schwarzen Pony aus dem Gesicht. Seit ihrem dreizehnten Geburtstag durfte sie sich endlich die Haare färben. Dann sah sie mich mit einem schiefen Grinsen an.

»Oh, Mann«, seufzte ich und legte das Kleid zurück. »Wahrscheinlich muss ich nackt für Romeo und Julia vorsprechen.«

»Jetzt bleib mal locker«, sagte Greta.

»Genau!«, meinte Pepa. »Wir finden schon noch etwas.«

Die hatten leicht reden.

Pepa hatte sich schon einen signierten Basketball und ein Fußballtrikot gekauft. Das wollte sie im Sommer beim Public Viewing anziehen. Modetechnisch eine absolute Katastrophe, aber Pepa war eine südamerikanische Latinoschönheit und sah eigentlich immer gut aus. Seidige braune Haare (obwohl sie NIE eine Haarkur verwendete), kakaobraune Augen und eine super Figur. Ich war mir sicher, dass sie auch im Mülloverall und mit Jutebeutel auf dem Kopf sofort in die Top 20 von *Germany's next Topmodel* aufgenommen worden wäre. Aber das wollte Pepa unter keinen Umständen hören.

Greta hatte eine Ewigkeit an einem Stand mit alten Platten verbracht, weil sie sich nicht zwischen *Deep Purple* und *Led Zeppelin* entscheiden konnte. Von beiden Bands hatte ich noch nie in meinem Leben gehört. Greta meinte, das sei eine riesige Bildungslücke, und schickte mir gleich mal eine Playlist mit den größten Rockbands ever auf mein Handy.

Die größten Rockbands ever

Nirvana – Smells like Teen Spirit
Deep Purple – Smoke on the Water
The White Stripes – Seven Nation Army
Led Zeppelin – Kashmir
Incubus – Drive

Platten waren Gretas neueste Leidenschaft. Vor zwei Wochen hatte sie den alten Plattenspieler ihres Vaters im Keller entdeckt. Jetzt erzählte sie uns ständig, dass Musik auf Vinyl einen unvergleichlichen Sound habe. Ich fand dieses Teil echt umständlich: Es knirschte, und man musste immer aufstehen, um die Platte umzudrehen. Aber Diskussionen über Musik vermied ich mit Greta lieber.

Ich ging zum Nebenstand und griff nach einem mintgrünen Kleid im Military-Look.

»Meinst du, das gefällt Ben?«

»ROMY!« Pepa rollte mit den Augen. »Wenn du das noch einmal fragst, dreh ich durch.«

Oh, Mann. Durchdrehen würde ich auch bald.

»Vielleicht machen wir mal 'ne Erdbeersmoothie-Pause?«

Greta legte den Arm um meine Schultern. Sie schnalzte mit der Zunge und rief: »Bono, komm jetzt!« Bono war

Gretas Hund. Ein dunkelbrauner Labrador mit weißen Pfoten.

Eigentlich hatte ich ja ein bisschen Angst vor Hunden. Aber Bono war ganz lieb. Er durfte mir sogar die Ohren abschlabbern, wenn er davor keine ekligen Sachen gemacht hatte. Na ja … so wie jetzt gerade: Er schnüffelte am Po einer Mopsdame. Sie trug ein rosa Mäntelchen mit der Aufschrift *Princess* und knurrte ihn mit gefletschten Zähnen an. Armer Bono. In Sachen Dating schien es bei ihm auch nicht so gut zu laufen.

»Könnt ihr schnell zu *Juicy Lucy* hinübergehen und die Smoothies holen? Ich will noch einmal zu dem Stand mit der Audrey-Hepburn-Sonnenbrille.« Wenn ich schon kein Kleid fand, mussten zumindest die Accessoires nach Hollywood-Diva aussehen.

»Klar. Bis gleich!«, sagte Pepa. Sie drehte sich noch einmal um und rief: »Hey, Schokojunkie, sollen wir auch Kuchen mitbringen?«

»Yeah!«, grinste ich und warf ihr einen Luftkuss zu.

Ich blickte ihnen hinterher und lächelte. Die beiden sahen echt lässig aus: Pepa in Jeans, Sneakers und einem weißen Shirt. Greta in schwarzen Röhrenjeans, Boots und Lederjacke. Ohne meine besten Freundinnen wäre ich total aufgeschmissen.

Ich schlenderte an den Verkaufsständen vorbei und blieb an einem Tisch mit Büchern stehen. Gestern Abend hatte ich das letzte Buch einer superspannenden Fantasyreihe zu Ende gelesen, und jetzt brauchte ich dringend Nachschub.

Ich überflog die Titel. Dieser Verkäufer schien sich auf Ratgeber spezialisiert zu haben. Darauf konnte ich sehr gut verzichten. Meine Mama besaß eine ganze Regalwand mit so ’nem Zeug. Erst vor Kurzem hatte ich mich dem Selbstexperiment *In zehn Schritten zur großen Liebe* gestellt. Ben war ich damit allerdings kein Stück nähergekommen.

Warum merkte der Idiot nicht, dass wir füreinander bestimmt waren?

Er liebte Filme und Kino – ich auch.

Er stand auf Klamotten – dito.

Er mochte kein Sushi – konnte ich auch nicht ausstehen.

Meine Mama sagte immer, dass die Basis einer guten Beziehung Gemeinsamkeiten seien.

Wieso erkannte er denn nicht, dass wir eindeutig zu den größten Liebespaaren aller Zeiten gehörten?

Ich strich mit den Fingern über einen Buchrücken und seufzte. Ach, Ben …

So richtig gefunkt hatte es bei mir vor zwei Monaten auf Raffas Geburtstagsparty. Es war ein stürmischer Abend gewesen, deswegen war die Party vom Innenhof nach drinnen verlegt worden. Eigentlich waren Greta und ich gar nicht eingeladen, aber Pepas Mutter bestand darauf, dass wir auch kamen. Schließlich gehörten wir ja fast zur Familie. Frau Käßmann wirbelte herum und drängte allen alkoholfreie Caipirinha-Bowle oder frittierte Häppchen auf. Mir war vom vielen Essen schon ganz flau im Magen. Deshalb ging ich für einen kurzen Augenblick auf den Balkon, um frische Luft zu schnappen. Ich lehnte mich an die Brüstung, der Wind wirbelte durch meine Haare, und ich genoss die Aussicht über die Friedrichshainer Dächer, die unter dem dämmrigen Nachthimmel wie beleuchtete Windlichter aussahen.

Ich wollte gerade wieder hineingehen, als sich aus der hinteren Ecke des Balkons ein Schatten löste.

»Hi, Romy«, sagte der Schatten.

Ich kniff die Augen zusammen. Die Stimme kam mir bekannt vor, aber trotzdem konnte ich sie nicht zuordnen. Erst als der Schatten einen Schritt nach vorn trat, erkannte ich, wer es war: kieselsteingraue Augen, die im Mondlicht funkelten, schwarze Haare und ein Mund, der unglaublich süß lächelte. Es war Ben.

»Hallo«, stammelte ich. »Hab dich gar nicht gesehen. Machst du eine Tanzpause?«

Ben nickte. »Musste nachdenken.«

Ich hätte gern gefragt: »Worüber denn?« Aber das erschien mir dann doch unpassend. Also murmelte ich nur: »Ach so.«

Ben schob sich an mir vorbei. Dabei streifte er für einen winzigen Moment meinen Arm. Dann lächelte er und sagte: »Manchmal sollte man lieber reden, statt nur nachzudenken.«

Er drückte die Balkontür auf und war zwischen den Partygästen verschwunden.

Ich blieb wie angewurzelt stehen. Die Stelle, an der er mich berührt hatte, war ganz heiß. Mein Körper kribbelte, und ich fragte mich, was da gerade mit mir passiert war. Erst als Pepa den Kopf zu mir herausstreckte und rief: »Romy, wo bleibst du denn? Ist doch voll ungemütlich hier draußen«, wurde es mir klar: Ich hatte mich in Ben verliebt!

Nach dieser Begegnung versuchte ich, Ben in der Schule so oft wie möglich in Gespräche zu verwickeln. Aber immer wenn ich Sachen fragte wie: »Gehst du morgen auch ins Open-Air-Kino?«, sagte Ben nur: »Ja«, und ließ mich einfach stehen. Kein: »Hey, wollen wir zusammen hinfahren?«, oder: »Schön, dann sehen wir uns.« Es war, als ob dieser magische Moment auf dem Balkon niemals stattgefunden hätte. Ob es daran lag, dass Ben der beste Freund von Pepas großem Bruder Raffa war? Wahrscheinlich war ich in seinen Augen immer noch das Mädchen mit den Milchzähnen und der Schmetterlingshaarspange, das mit seinem Barbiewohnwagen in den Sonnenuntergang fuhr.

Dieses Bild brauchte dringend ein Update!

Dass mir ausgerechnet Frau Witko-Bock, die Lehrerin unserer Theater-AG, dabei behilflich sein könnte, hätte ich im Leben nicht geglaubt. Vor zwei Wochen hatte sie verkündet, dass wir bei der Jahresabschlussfeier *Romeo und Julia* aufführen würden. Endlich mal kein Theaterstück mit einem Gähnfaktor hoch zehn! Das war bisher nicht so schlimm gewesen, weil man in der Unterstufe sowieso nie eine Hauptrolle bekam. Aber jetzt war ich in der Mittelstufe, und ich witterte meine große Chance, der ganzen Schule beweisen zu können, dass ich eine tolle Schauspielerin war.

Ich liebte es, in andere Rollen zu schlüpfen und auf der Bühne zu stehen. Das machte mich einfach glücklich.

Seit diesem Jahr ging ich sogar noch viel lieber in den Theaterunterricht, denn Ben war von der Kletter-AG zu uns gewechselt. Er redete zwar nie mit mir, aber das war mir egal. Ich konnte ihn eineinhalb Stunden lang angucken und ganz nah bei ihm sein.

Das Beste an *Romeo und Julia* war: Ben war der einzige Junge in der Theater-AG, und wenn Frau Witko-Bock keinen Totalausfall hatte und eine abgedrehte Comedy-Nummer daraus machte, würde er auf jeden Fall den Romeo spielen.

Für die Julia bedeutete das: jede Menge gemeinsame Proben, romantische Szenen vor einer märchenhaften Kulisse, kleine Berührungen, tiefe Blicke und natürlich die Kussszene!

Ben war mit Sicherheit der beste Küsser auf diesem Planeten. Ich hatte schon mal auf einer Party mit einem Jungen geknutscht. Ein absoluter Reinfall! Es war, als ob jemand mit einem Schneebesen in meinem Mund herumrühren würde. Schrecklich!

Mit Ben wäre das bestimmt ganz anders.

Ich musste einfach die Julia spielen!

Alles, was mich von diesem Ziel trennte, war das blöde Vorsprechen …

»So, Kleene, willste det Buch koofen?«

»Was?« Ich schreckte auf und blickte in das Gesicht eines Mannes mit gezwirbeltem Schnurrbart.

»Na, ob du das Buch kaufen willst?«

Ich sah nach unten. Ups. Da war tatsächlich ein Buch in meinen Händen. Wie war das denn dahin gekommen?

»Ach so … ja klar«, stotterte ich und zog meinen Geldbeutel aus der Tasche. »Nehm ich.« Ich gab dem Mann ein Zweieurostück und ging davon. Erst als ich mich einige Meter entfernt hatte, guckte ich, was ich da eigentlich gekauft hatte: *Lebe deinen Traum – Hindernisse überwinden und sich selbst verwirklichen!* Das würde ich Mama zum Geburtstag schenken.

»Und, etwas gefunden?« Greta und Pepa waren mit Schokokuchen und Erdbeersmoothies bepackt neben mir aufgetaucht.

Ich schüttelte den Kopf und ließ das Buch schnell in meiner Tasche verschwinden.

»Nee, war bei dem Bücherstand und hab …« Meine Stimme brach ab.

»Alles okay?«, fragte Pepa und guckte mich besorgt an.

Ich fuchtelte mit meinem Zeigefinger in der Luft herum. »Da … da drüben!«

»Was ist denn da?«, fragte Greta mit gerunzelter Stirn. »Du musst schon einen ganzen Satz sagen, damit wir dich verstehen!«

»DA!«, rief ich noch einmal. Für eine formvollendete Artikulation war ich gerade viel zu aufgeregt. Ich rannte zu dem Bücherstand zurück und kreischte: »MEIN TRAUMKLEID!!!«

Keine Ahnung, warum ich es vorhin nicht bemerkt hatte.

Es hing zwischen Tüchern und Taschen an einem Kleiderständer und war einfach wunderschön: altrosa, mit einer Knopfleiste und langen Hemdsärmeln. Wenn ich es mit Ankle-Boots und einem breiten Gürtel kombinierte, würde ich darin einfach hammermäßig aussehen. Außerdem verriet mir das kleine Etikett im Kragen, dass es genau meine Größe war.

»Ist es nicht perfekt?«, sagte ich und streichelte andächtig über den seidigen Stoff.

Greta und Pepa nickten. Wahrscheinlich waren sie einfach nur froh, dass sie nicht noch fünf weitere Runden über den Boxi laufen mussten.

»Was kostet es?«, fragte Pepa.

Ich guckte auf das Schild. Verdammt. Der Preis war leider überhaupt nicht perfekt. 40 Euro sprengten eindeutig das Budget. Mist! Mist! Mist!

»Kann ich noch was für dich tun?« Der Mann vom Bücherstand war zurückgekommen und zeigte mir sein schönstes Schnurrbartlächeln.

»Äh … ja«, sagte ich. »Ich will dieses Kleid.«

Der Mann nahm es vom Ständer und streckte seine Hand aus. »Dann krieg ich 40 Euro von dir.«

»Hab ich leider nicht«, sagte ich und schenkte ihm einen zuckersüßen Augenaufschlag.

Auf der Stirn des Mannes bildete sich eine kleine Falte. »Ohne Geld kein ...«

»Glauben Sie an die große Liebe?«, unterbrach ich ihn. Jetzt musste ich mir etwas einfallen lassen.

»Was? Ja, schon.«

»Würden sie gerne mal Amors Pfeil sein, der die Herzen eines Liebespaars durchbohrt?« Der Mann starrte mich verständnislos an. Greta, die hinter ihm stand, ließ ihren Zeigefinger vor ihrer Stirn kreisen.

»Wenn sie mir das Kleid für ...« Ich kippte den gesamten Inhalt meines Geldbeutels auf dem Verkaufstisch aus. »... 22 Euro und 74 Cent verkaufen, könnten sie ein wirklich gutes Werk tun. Wissen Sie ...«, rief ich und breitete mit einer schwungvollen Geste meine Arme aus. »... es geht um meine Zukunft, mein Leben, meine große Liebe!«

Einige Leute waren stehen geblieben und klatschten Beifall.

Der Mann kratzte sich am Kopf und sagte: »Na, du bist mir vielleicht 'ne Marke. Ich hoffe, der Junge ist es wert.« Er drückte mir das Kleid in die Hand und ließ das Geld in seiner Hosentasche verschwinden.

»Hundertprozentig!« Ich strahlte und rief: »Wir werden unser erstes Kind nach Ihnen benennen!«

»Alles klar«, lachte der Schnurrbartmann. »Ich heiße Waldemar.«

»Nach diesem Auftritt eben habe ich überhaupt keine Bedenken, dass du das Vorsprechen morgen nicht hinbekommst«, sagte Greta und biss genüsslich in ihren Schokokuchen.

Wir saßen auf unserer Lieblingsbank in der Mitte des Boxhagener Platzes. Hier waren keine Verkaufsstände aufgebaut, und es war deutlich ruhiger. Ein Penner lag schnarchend auf einer knallgelben Luftmatratze unter einem Baum. Auf seinem Bauch hatte es sich ein strubbeliger Hund mit einem karierten Halstuch gemütlich gemacht. Bono knurrte immer wieder in seine Richtung. Eine Gruppe Touristen stapfte vorbei und fotografierte ihn, als sei er Berlins größte Attraktion.

Zum Glück lag unsere Bank etwas abseits zwischen einigen Sträuchern. Hier waren wir einigermaßen ungestört.

Vor zwei Jahren hatten wir uns an dieser Stelle geschworen, für immer und ewig beste Freundinnen zu bleiben. Damit das auch amtlich war, hatte Pepa mit ihrem Taschenmesser *G+P+R = Best Friends* in das Holz geritzt. Die Schrift war schon ziemlich verwittert, aber der Schwur galt natürlich immer noch.

Ich beobachtete drei kleine Mädchen, die auf dem Spielplatz gegenüber saßen und Sandkuchen backten. Wenn die wüssten, was später in Sachen Jungs noch alles auf sie zukommen würde …

Ich seufzte. »Vorhin habe ich einfach nicht darüber nachgedacht, was ich mache.«

»Vielleicht ist das dein Problem. Du denkst zu viel.« Pepa klopfte gegen meine Stirn und grinste.

»Haha!« Ich warf ihr einen Schokokuchenkrümel ins Gesicht.

Dann legte ich meinen Kopf auf Bonos Rücken und kraulte seine Ohren. Wenn das in Sachen Ben so weiterging, musste ich mir mit 15 meine erste Faltencreme kaufen. Ich seufzte.

»Morgen wird es perfekt laufen. Da bin ich mir ganz sicher«, sagte Greta und stupste mich an. »Ben wartet nur darauf, dass du ihn in deinem neuen Kleid beeindruckst, und außerdem haben wir noch zwei Überraschungen für dich.«

Ich hob meinen Kopf. »Überraschungen?« Ich liebte Überraschungen!

Greta nickte und drückte mir eine Papierrolle in die Hand.

»Von mir gibt's einen neuen Psychotest: *Bin ich die geborene Schauspielerin?*« Sie grinste. »Ich tippe auf die volle Punktzahl.«

Greta war unsere Psychotante. Sie liebte es, eigene Tests zu schreiben. Die Mädels aus meiner Klasse waren ganz wild darauf, aber natürlich durften Pepa und ich ihre VIP-Testerinnen sein. Pepa holte ein dunkelblaues Samtsäckchen aus ihrer Hosentasche.

»Hier.« Sie war rosa angelaufen und drückte mir ihr Geschenk in die Hand. Ich öffnete den Knoten und zog einen kleinen silbernen Anhänger heraus. Er hatte die Form einer Oscarstatue, und auf dem Sockel stand *Hollywood*.

»Pepa …« Für einen Moment hatte es mir die Sprache verschlagen. »Der … der ist wirklich toll!«

Ich befestigte die Oscarstatue an meinem Armband zwischen der Glückseule und dem R-Anhänger. Dann fiel ich meinen Freundinnen um den Hals und wollte sie am liebsten gar nicht mehr loslassen. »Danke! Danke! Danke!«

Eine Sache war definitiv klar: Der Oscar für die besten Freundinnen ging an Pepa und Greta!

PSYCHOTEST

Bin ich die geborene Schauspielerin?

1 Stehst du gerne im Mittelpunkt?

a) Na klar. Es macht Spaß, sich in Szene zu setzen. (3)
b) Gebt mir einen großen Hut, und ich verstecke mich darunter. (1)
c) Yeah – wo ist die Kamera? (4)
d) Die großen Auftritte überlasse ich den anderen. (2)

2 Du hast deine Hausaufgaben vergessen. Was machst du?

a) Ich breche in Tränen aus und erzähle dem Lehrer, dass sich mein Goldhamster gestern den Fuß verstaucht hat. (4)
b) Ich sage die Wahrheit und riskiere eine Strafarbeit. (1)
c) Ich werde knallrot und stottere, dass mein Bruder und ich die Hausaufgaben vertauscht haben. (2)
d) Ich gehe lässig auf meinen Platz und behaupte, dass wir gar keine Hausaufgaben machen mussten. (3)

3 Kannst du dich gut in andere einfühlen?

a) Bei traurigen Liebesfilmen brauche ich mindestens zwei Packungen Taschentücher. (3)
b) Ich bin wie ein Regenschirm: Emotionen perlen von mir ab. (1)
c) Gefühle sind ganz schön anstrengend. Ich versuche, sie erst gar nicht an mich ranzulassen. (2)
d) Weinen, Lachen, Liebe, Schmerz. Mein Leben ist eine Gefühlsachterbahn. (4)

4 In der Schule sollst du ein Referat halten. Wie fühlst du dich dabei?

a) Ich bin ziemlich aufgeregt, aber wenn ich erstmal angefangen habe, macht es total Spaß. (3)
b) Mein Gesicht hat große Ähnlichkeit mit der Tafelkreide, und ich möchte mich unter dem Lehrerpult verkriechen. (1)
c) Let the show begin! Ich freue mich über jeden Auftritt, auch wenn er vom Stoffwechsel eines Regenwurms handelt. (4)
d) Muss das sein? Ich würde lieber eine komplizierte Matheaufgabe lösen. (2)

5 Wo fühlst du dich besonders wohl?

a) Bei einem Poetry Slam (3)
b) Auf einer großen Bühne vor Hunderten von Zuschauern (4)
c) Auf meiner Couch, mit einer Tüte Popcorn und einem guten Film (1)
d) Als Komparse bei meiner Lieblingssoap (2)

6 Mit welchem Star würdest du gerne einen Tag die Rollen tauschen?

a) Mit einem Hollywoodstar wie Jennifer Lawrence (4)
b) Mit einer coolen Sängerin wie Taylor Swift (3)
c) Mit einem Supermodel wie Heidi Klum (2)
d) Mit einer Profisportlerin wie Sabine Lisicki (1)

7 Du bist auf eine Halloweenparty eingeladen. Als was verkleidest du dich?

a) Ich gehe als ich selbst und erschrecke die anderen mit fiesen Grimassen. (2)
b) Ich verwandle mich in eine sexy Monsterbraut. Das Make-up dauert mindestens zwei Stunden. (4)
c) Verkleiden? No way. Dann bleib ich lieber zu Hause. (1)
d) Ich wühle in der alten Klamottenkiste und verkleide mich als Hexe. (3)

8 Ein Junge fragt dich auf der Straße nach einem Autogramm, weil er dich mit einem Hollywoodstar verwechselt hat. Was machst du?

a) Ich zeige ihm einen Vogel und gehe weiter. (1)
b) Ich kläre ihn auf, dass es sich um eine Verwechslung handelt, und frage ihn nach seiner Handynummer. (2)
c) Ich gebe ihm das Autogramm und mache mich dann schnell vom Acker. (3)
d) Ich erzähle ihm auf Englisch von meinem letzten Dreh mit Robert Pattinson. (4)

Auswertung auf S. 200

KAPITEL 2

Habt ihr Tipps gegen Lampenfieber?

Pepa Käßmann: Klangyoga ;-)
Lukas Kampe: Bananen sollen gut für die Nerven sein.
Nick Wagner: Sich vorstellen, dass alle nackt sind.
Greta Sandberg: Baldriantee (hilft zumindest bei meiner Mama)
Sibel Özmir: Ich trink immer ganz viel Cola.
Raffa Käßmann: Reisekaugummi, falls dir schlecht wird.
David Westing: Joggen! Good luck, sweetheart!!!

»Mist! Mist! Mist!« Ich legte die Wimperntusche zur Seite und betrachtete mich im Spiegel der Mädchentoilette. Ein hässlicher schwarzer Strich zog sich von meiner Lidfalte zur Augenbraue. Das konnte doch echt nicht wahr sein!

In drei Minuten begann die Theater-AG, und ich sah aus, als ob ich in einer Halloweenfolge von *Pretty Little Liars* mitspielen würde.

Passend zu meinen Freaky-Horror-Augen hatte ich über Nacht auch noch eine Stresspustel an meinem Kinn bekommen. Gretas Ratschlag, an dem Ding nicht herumzudrücken, hatte ich keine Beachtung geschenkt. Großer Fehler! Inzwischen leuchtete

es rot und glänzend und erinnerte mich stark an die Nase von Rentier Rudolf.

Ich tupfte eine dicke Schicht Concealer auf den Pickel, aber das machte es nur noch schlimmer. Da half nur eine großflächige Verschleierung mit meinem Schal. Ich zog ihn über mein Kinn und betrachtete mich im Spiegel. Ja, so ging es.

Dann wischte ich das missglückte Augen-Make-up mit einem Stück Klopapier weg. Meine Hände zitterten so stark, dass ich damit locker dem Vibrationsalarm auf meinem Smartphone Konkurrenz machen konnte. Warum wirkten eigentlich die Nervositätskiller nicht?

Nach meinem letzten Post hatte ich beschlossen, die besten Tipps einfach zu kombinieren, und mir einen Cocktail aus Cola, Baldriantee und Bananen gemixt.

Dazu sagte ich mir immer wieder das Mantra aus Gretas Psychotest vor: *Ich bin die geborene Schauspielerin!* Leider half das alles überhaupt nichts. Ich guckte auf mein Handy. Noch eine Minute. Verdammt!

Mit nur einem wimperngetuschten Auge konnte ich mich auf keinen Fall in der Theater-AG blicken lassen.

Ich atmete tief durch und ließ die Mascarabürste dreimal über meine Wimpern gleiten. Na bitte – ging doch! Jetzt noch ein bisschen Rouge und vielleicht lieber die anderen Ohrringe? Nein, dafür war keine Zeit mehr.

Ich warf meine Schminksachen in die Tasche und strich ein letztes Mal über den seidigen Stoff meines neuen Kleides.

Okay, Romy – let the show begin!

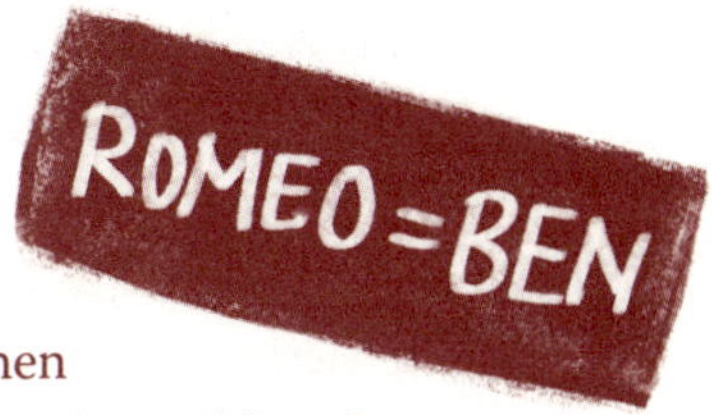

Als ich mich mit klopfendem Herzen in den Theaterraum schlich, war es fünf nach zwei. Ich suchte mir einen Platz in der vorletzten Reihe. Frau Witko-Bock hatte mein Zuspätkommen zum Glück nicht bemerkt. Sie stand vor der Tafel und schrieb mit quietschender Kreide ROMEO = BEN darauf.

Meine Augen suchten das Klassenzimmer nach Ben ab. Er saß in der zweiten Reihe und sah wieder mal aus, als sei er gerade einer *Abercrombie & Fitch*-Werbung entsprungen. Ben war der einzige Junge auf unserer Schule, bei dem man nicht das Gefühl hatte, dass er morgens blind in seinen Schrank griff. Heute trug er schwarze Röhrenjeans, Vans, ein weißes Shirt mit tiefem V-Ausschnitt und dazu ein rotes Lederarmband. Schwarzweiße Klamotten mit einem Farbaccessoire waren sein Markenzeichen.

Vollkommen relaxt strich er jetzt mit einem gelben Neonmarker in seinem Textbuch herum. Er konnte entspannt sein, schließlich hatte er von Anfang an gewusst, dass er den Romeo spielen würde.

Ich seufzte und schloss für einen kurzen Moment meine Augen. Wenn ich doch nur die Julia sein könnte! Ich auf dem Balkon. Das Mondlicht funkelt zwischen den Olivenbäumen … *wusch!*

Etwas Hartes streifte meinen Kopf und plumpste in meinen Schoß. Ich riss die Augen auf und inspizierte den Gegenstand. Es war ein Radiergummi. Ich drehte mich um und schaute, wer die Schreibwarenattacke gegen mich gestartet hatte. Alle Köpfe waren nach vorn gerichtet. Alle bis auf einen:

Lorena war meine Erzfeindin, seit sie in der fünften Klasse meinen Turnbeutel versteckt hatte. Das war echt eine miese Aktion gewesen. Unsere Sportlehrerin dachte natürlich, dass ich mich vor dem Unterricht drücken wollte, und zwang mich, ein müffelndes Shirt und eine löchrige Jogginghose anzuziehen. Als ob das nicht schon schlimm genug gewesen wäre, musste ich in dem Outfit des Grauens vor der ganzen Klasse eine Übung am Stufenbarren vormachen und bekam dafür eine Vier minus. Das war die schlimmste Sportstunde meines Lebens gewesen.

Seit diesem Tag war Lorena unser Hassobjekt Nummer eins.

Ständig stolzierte sie in ihren superhippen Klamotten über die Schulflure, flirtete mit den Jungs und haute einen fiesen Spruch nach dem anderen raus. Erst letzte Woche hatte sie zu Pepa gesagt, dass sie sich doch mal wie ein Mädchen anziehen solle. Ich hätte gern etwas richtig Gemeines erwidert, aber leider war im Zentrum für schlagfertige Antworten gerade Mittagspause. Zum Glück hatten wir Greta. Auf die war in dieser Hinsicht immer Verlass. Sie kniff ihre Augen zusammen, musterte Lorena von den splissfreien Haarspitzen bis zu den silbernen Ballerinas und sagte dann: »Wenigstens haben wir keinen Pudel auf dem Kopf!«

Jetzt warf Lorena schwungvoll ihre Angeberlocken über die Schulter. Die Mundwinkel verzogen sich zu einem hämischen Grinsen. Sie hob ihren Zeigefinger. Das sollte mir wohl signalisieren, dass ich ihr meine Aufmerksamkeit schenken solle. Ich runzelte genervt meine Stirn. Was sollte denn das?

Meine Erzfeindin senkte ihren Blick und schrieb etwas auf den Block vor ihr. Das wurde mir nun aber echt zu blöd. Ich wollte mich gerade wieder umdrehen, da hielt sie den Zettel nach oben direkt neben ihren Kopf, und darauf stand:

Julia

Meine Hände ballten sich unter dem Tisch zu Fäusten. Hallo! Wie selbstverliebt konnte man eigentlich sein?

Es war so ungerecht. Die einzige Schulstunde, die mir wirklich Spaß machte, wurde mir jede Woche von Lorena vermiest. Und leider spielte sie auch noch ziemlich gut. Aber deswegen ließ ich mir bestimmt nicht Ben und meine Traumrolle wegschnappen!

Ich hätte der fiesen Kuh am liebsten *Olivenbaum* mit Edding auf die Stirn geschrieben.

»Ganz ruhig, Romy …«, versuchte ich mir gedanklich Mut zuzusprechen. Mit einer lässigen Geste strich ich mir die Haare aus dem Gesicht und tat so, als sei es das Spannendste der Welt, Frau Witko-Bock dabei zu beobachten, wie sie ihre Kreidefinger an der Hose abklopfte.

»So!«, sagte meine Theater-AG-Lehrerin und setzte sich auf die Kante des Lehrerpults. »Dann wollen wir mal anfangen. Heute machen wir kein klassisches Vorsprechen, sondern eine Improvisationseinheit. Ich möchte sehen, wie ihr mit unvorhergesehenen Situationen zurechtkommt.« Ein Raunen ging durch die Reihen. Damit hatte nun wirklich niemand gerechnet. Am allerwenigsten ich.

Seit zwei Wochen hatte ich jeden Tag die Szene aus dem letzten Akt geübt, in der sich Julia mit dem Giftcocktail um die Ecke bringen will, und jetzt war alles umsonst? Mein Herz begann zu flattern. Ganz automatisch wanderte meine Hand zu meinem Beruhigungsgetränk. Ich nahm einen großen Schluck und hätte ihn am liebsten sofort wieder ausgespuckt. So musste das Wasser in der Berliner Kanalisation schmecken.

Mein Blick schweifte zu Ben. Er schaute aus dem Fenster und lächelte. Woran er wohl dachte?

»Auf Romeo und Julia«, prostete ich mir in Gedanken zu. Dann klemmte ich Daumen und Zeigefinger an meine Nase und trank die ganze Flasche in einem Zug leer.

Ich wartete, aber die wohlige Entspannung blieb leider aus. Stattdessen spürte ich eine Übelkeitswelle in mir aufsteigen. Irgendetwas lief hier gründlich schief.

Frau Witko-Bock zog eine Liste aus ihrer Tasche, fuhr mit dem Finger darüber und murmelte: »So, wir beginnen mit …« Sie ließ ihren Blick über die Schüler wandern. Ich schob meinen Schal noch ein Stück höher. Vielleicht konnte er nicht nur meinen Pickel, sondern das ganze Gesicht verdecken. Mein Plan ging nicht auf.

Wie zwei Suchscheinwerfer blieben Frau Witko-Bocks Augen an mir kleben.

»… Romy Westing! Nach deiner verlängerten Mittagspause bist du bestimmt ausgeruht und hoch motiviert.«

Herzrasen. Atemnot. Schwindelgefühl. Das war mit Sicherheit eine Panikattacke. Ich wollte nicht die Erste sein.

»Romy! Los, komm nach vorn.« Frau Witko-Bock winkte mich ungeduldig mit ihrer Liste zu sich.

Ich spürte, dass mich alle anstarrten. Es blieb mir wohl nichts anderes übrig: Wenn ich die Julia spielen wollte, musste ich mich jetzt zusammenreißen. Ich zog den Schal straff über mein Kinn und tastete nach Pepas Oscaranhänger: »Du bist die geborene Schauspielerin«, flüsterte ich. Dann stand ich auf.

»Also, Romy«, Frau Witko-Bock kicherte wie ein kleines Schulmädchen, »ich hab da mal etwas vorbereitet.« Sie hielt mir ein großes Gurkenglas vor die Nase, in dem sich ein bunter Haufen zusammengefalteter Zettel befand.

»Zieh bitte eine Szene, die du uns dann präsentierst.«

»Aha«, sagte ich. Diese Nummer hatte sie sich doch bestimmt nicht allein ausgedacht. Seit die Lehrer das Internet für sich entdeckt hatten, musste man immer mit dem Schlimmsten rechnen.

Meine Hände zitterten, als ich in das Gurkenglas griff. Der schwache Duft von Essig und Zwiebeln stieg in meine Nase.

Frau Witko-Bock hätte das Glas wenigstens richtig ausspülen können. Ich hörte ein verdächtiges Gluckern aus meiner Magengegend. Hoffentlich kam das Colagebräu nicht plötzlich auf die Idee, seinen Standort zu wechseln.

Ich legte meine linke Hand auf den Bauch und strich beruhigend darüber. Mit der anderen griff ich in das Gurkenglas. Meine Finger kreisten über den bunten Papierschnipseln. Im Klassenzimmer herrschte absolute Stille. Jeder schien gebannt meine Bewegungen zu verfolgen. Ich entschied mich für einen kleinen rosa Zettel. Rosa war meine Lieblingsfarbe – die musste mir jetzt einfach Glück bringen.

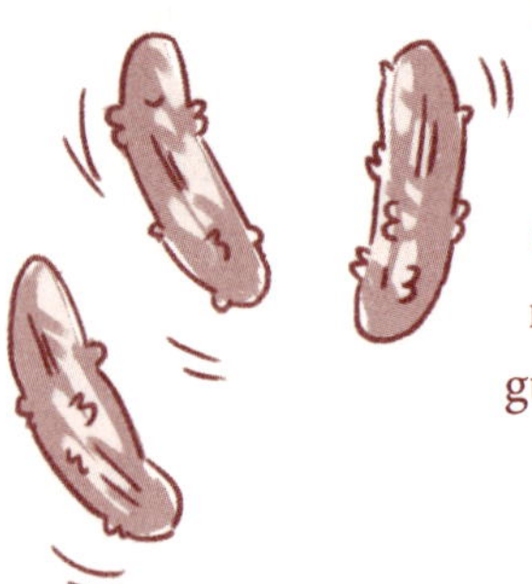

Ich entfaltete das Papier. Meine Augen überflogen die Buchstaben. Einmal. Dann noch einmal. Sollte das ein Scherz sein? Ich guckte misstrauisch zu Frau Witko-Bock.

Die lächelte. Aber das machen die hinterlistigen Schurken in Psychothrillern auch immer.

»So, Romy, dann lies doch mal laut vor!«, säuselte Frau Witko-Bock. Am liebsten hätte ich ihr das Gurkenglas über den Kopf gestülpt und wäre aus dem Zimmer gelaufen, aber dann guckte ich zu Ben. Er hatte damit aufgehört, sein Textbuch mit neongelben Balken zu verzieren, und schaute mich neugierig an.

»Also ...« Das rosa Papier war von meinen schwitzigen Händen schon ganz durchgeweicht. Ich räusperte mich: »Dornröschen wird nach ihrem hundertjährigen Schlaf von einem Zwerg wach geküsst und ist davon wenig begeistert.«

»Sehr schön!«, rief Frau Witko-Bock und rieb sich die Hände. »Dann zeig uns doch einmal, wie du diese Szene interpretierst.« Sie nickte mir aufmunternd zu. Dann fasste sie sich an die Stirn. »Ach so ... Du brauchst ja auch noch einen Spielpartner.« Für einen kurzen Moment keimte in mir die Hoffnung auf, dass es sich dabei um Ben handeln könnte, aber diesen Lichtschimmer radierte Frau Witko-Bock sofort aus. »Lorena! Wärst du so nett?«

Das konnte doch jetzt wohl nicht ihr Ernst sein?!

Lorena schien sich zu freuen. Wie ein dressierter Flamingo stolzierte sie auf uns zu. Dann rief sie: »Ich bin Dornröschen!«, und – zack! – schon lag sie auf dem Boden.

»Wunderbar«, sagte Frau Witko-Bock. »Dann spielt Romy den Zwerg und: bitte!«

Ich stand mit offenem Mund daneben, lauschte den grummelnden Geräuschen aus meinem Bauch und spürte, wie das Blut in meinen Kopf schoss. Mir wurde ganz schwummrig. Alle Augen waren auf mich gerichtet. Jeder erwartete, dass ich nun irgendetwas sagte, aber leider hatten sich meine Gehirnzellen gerade zu einem riesigen Klumpen verknotet.

Wie sollte man sich denn innerhalb von wenigen Sekunden in eine Rolle einfühlen?!

Lorena hatte es gut. Sie konnte fröhlich schnarchend ihren Schönheitsschlaf halten und sich währenddessen überlegen, was sie als Dornröschen machen wollte.

Ich atmete tief durch und stellte fest, dass das ein fataler Fehler war. In meinem Bauch machte es *Blubb*. Mit sanftem Druck wanderte ein Luftstoß meine Speiseröhre hinauf, der sich, wenn kein Wunder geschah, mit einem unschönen Rülpsen seinen Weg in die Freiheit suchen würde. Allein bei dem Gedanken daran wurde ich so rot wie Himbeerlipgloss. Mir blieb nur eine Möglichkeit: das Ganze in meine Szene einzubauen.

»Hicks«, rief ich und spürte, wie die Luft entwich. Improvisieren lag mir offensichtlich doch. Ich torkelte an der ersten Tischreihe vorbei. Dann rieb ich meinen Bauch und sagte: »Schneewittchen hat wieder so viel gekocht, dass ich schreckliche Magenschmerzen habe. Lange halte ich es nicht mehr bei ihr aus. Hicks.« Einige Schüler lachten. Meine Schluckaufsimulation schien gut anzukommen. Mit gekrümmtem Rücken und verzerrtem Gesicht lief ich weiter und stieß an ein Hindernis: Dornröschen-Lorena. Meine Füße verhedderten sich in ihren Beinen, ich stolperte und ließ mich auf den Boden plumpsen.

»Aua!«, stöhnte ich und rieb mein Hinterteil. Dann guckte ich, was mich zu Fall gebracht hatte.

»Oh, was ist das denn?

Dieser Baumstumpf sieht ja seltsam aus.« Ich tastete Lorenas Gesicht ab und zog an ihren Haaren. »Ach wie schön, ein Vogelnest.« Ich legte den Kopf schief und kniff die Augen zusammen. »Oder doch nicht?«, murmelte ich und zog eine imaginäre Brille aus der Westentasche, die ich auf meine Nase setzte. »Nee, es ist ein Mädchen! Hab ja schon Hübschere gesehen.«

Ich ließ meinen Blick kurz über die Klasse schweifen. Alle guckten interessiert zu mir. Frau Witko-Bock lächelte. Es schien ihr zu gefallen. Ich spürte, wie die Anspannung nachließ. Vielleicht wurde doch noch alles gut.

»Ob ich sie wach küssen soll?« Verschwörerisch warf ich einen Blick nach links und rechts.

Dann spitzte ich meine Lippen und hauchte Dornröschen-Lorena einen dicken Schmatzer auf die Wange. Ich konnte mir wirklich einen besseren Kusspartner vorstellen, aber als Profi sollte man mit so etwas umgehen können.

Lorena begann zu zucken. »Wo … wo bin ich?« Dann riss sie ihre Augen auf und sagte mit schwacher Stimme: »Bist du mein Prinz?«

Ich fuhr mir mit meinen Händen geschmeichelt durch das Gesicht. »Na ja, ein Prinz vielleicht nicht direkt, aber ein richtig cooler Zwerg.«

»Wie bitte? Ein Zwerg?«, kreischte Lorena und setzt sich ruckartig auf. Meiner Meinung nach vollkommen übertrieben. »Was will ich mit einem Zwerg?« Sie betrachtete mich argwöhnisch. »Soll ich etwa auf einem Pony in mein Schloss reiten? Und dann dieser Bart …« Ich wollte gerade eine schlagfertige Antwort geben, doch da machte Lorena etwas, womit ich nicht gerechnet hatte: Sie zog an meinem Schal, und mein Kinn mit dem leuchtend roten Pickel war für alle sichtbar. Es war, als ob für einen kurzen Augenblick die Zeit stillstand. Ich hörte Frau Witko-Bock brüllen: »Guckt euch mal diese Eiterpustel an!« Ben wandte sich angewidert ab und sagte: »So kannst du auf keinen Fall meine Julia sein.« Das Lachen der anderen Schüler dröhnte in meinen Ohren. Alle zeigten mit den Fingern auf mich und schrien: »Pickel-Romy, Pickel-Romy!!!«

»Hey, Zwerg, was ist denn jetzt?«

Wie? Was?

Ich blickte mich um. Lorena saß immer noch mit meinem Schal in der Hand vor mir. Die anderen Schüler guckten irritiert zu mir, aber niemand lachte, und keiner zeigte mit dem Finger auf mich.

Mein Gehirn war wie leer gefegt. Der tolle Schauspielmoment war vorbei. Mir fiel nichts mehr ein. Das schien auch Frau Witko-Bock bemerkt zu haben. Sie stand auf und sagte: »Okay, danke, Romy. Du kannst dich wieder hinsetzen, und Sibel darf weitermachen.«

Ich schleppte mich zu meinem Platz zurück. Meine Beine fühlten sich an, als ob sie mit Beton gefüllt wären. Warum hatte ich mich von diesem blöden Pickel dermaßen aus der Fassung bringen lassen? Alles war so toll gelaufen, und dann das! Ich ließ mich auf meinen Stuhl fallen. Sibel las ihren Zettel vor, aber ich hörte nicht zu. Mir war richtig übel. Ich zog einen Reisekaugummi aus der Hosentasche und legte meinen Kopf auf den Tisch. Das gleichmäßige Kauen beruhigte mich ein bisschen.

Die nächste halbe Stunde schwebte an mir wie eine Wattewolke vorüber. In meinem Kopf war nur Platz für eine Frage: Ob es vielleicht doch noch für die Julia reichte?

Erst als Frau Witko-Bock in die Hände klatschte, schreckte ich aus meinem Delirium auf. »So, dann verteile ich nun die restlichen Rollen«, sagte sie und begann damit, Namen an die Tafel zu schreiben. Ich beobachtete sie gebannt, und mit jeder Figur, die einen Schauspieler bekam, stieg meine Hoffnung, dass vielleicht noch nicht alles verloren war. Meine Zwergenvorstellung war doch eigentlich richtig gut gewesen … Einen Blackout konnte schließlich jeder mal haben, oder?

Als Frau Witko-Bock *Julia* an die Tafel schrieb, waren noch genau zwei Schülerinnen übrig: Lorena und ich.

Mein Herz hämmerte gegen meinen Brustkorb. So fühlte ich mich normalerweise nur, wenn mich Pepa zwang, mit ihr joggen zu gehen.

Frau Witko-Bock setzte mit der Kreide zum Schreiben an. Wäre das ein Primetime-Blockbuster, würde jetzt die heroische Filmmusik erklingen.

Nahaufnahme Romy (die bezaubernde Heldin des Film): Gerötete Wangen und angespannter Blick. Nervös streicht sie ihre Haare aus der Stirn.

Schnitt auf Lorena: Ein hinterhältiges Lächeln umspielt ihre Lippen.

Close-up Frau Witko-Bocks: In Zeitlupe schreibt sie *Julia* = an die Tafel.

Nahaufnahme Ben: Er hebt seinen Kopf. Seine Augen suchen etwas im Raum.

Schnitt auf Romy

Zoom Frau Witko-Bocks Hand: Sie zeichnet mit Kreide einen Strich auf die Tafel

Wer würde das Rennen machen? *R* wie Romy oder *L* wie Lorena.

Ich fixierte den Rücken meiner Lehrerin und versuchte es mit Fernhypnose. Mach einen schönen, runden Bauch an den Strich. Bitte, bitte, bitte!

Leider verunstaltete sie ihn zu einem *L* und vollendete ihr Werk dann mit *orena*.

Darunter schrieb sie in schwungvollen Buchstaben:

Zweitbesetzung JULIA = ROMY

Ich spürte einen dumpfen Druck in meinem Magen. Es fühlte sich an, als ob das Colagemisch mehrere Saltos vollführte.

Ich hielt mich an meinem Stuhl fest und atmete tief durch.

Die Zweitbesetzung für Lorena zu sein war der allerallerschlimmste Albtraum! Ich musste die komplette Rolle lernen, mit Lorena und Ben üben und würde bei der Aufführung doch nur blöd danebenstehen, während sich Lorena im Scheinwerferlicht sonnte. Da hätte ich doch lieber die popelige Amme gespielt. Es war so unfair!

Aus den hinteren Reihen hörte ich ein Kreischen. Ich drehte mich um. Das wäre allerdings nicht nötig gewesen – natürlich war es Lorena. Sie hüpfte mit ihren besten Freundinnen Kim und Hanna im Kreis herum und rief immer wieder: »Also ich hab wirklich nicht damit gerechnet!« Hm, ja sicher.

Mit zitternden Händen warf ich den Block und das Textbuch in meine Tasche. Aus den Augenwinkeln sah ich, dass Ben zu Lorenas Tisch schlenderte und sich rittlings auf einen Stuhl setzte.

»Herzlichen Glückwunsch, Lorena. Freu mich auf die Zusammenarbeit mit dir!« Er legte seinen Kopf auf die Stuhllehne und warf ihr einen dieser typischen Ben-Blicke zu.

Der Druck in meinem Magen wanderte nach oben und nistete sich dort als dicker Kloß in meinem Hals ein.

»Ach, Ben, danke«, gurrte Lorena. »Das ist echt lieb von dir.« Wie zufällig streifte sie Bens Hand. »Wir beide sind ein absolutes Dreamteam. Das wird die beste Romeo-und-Julia-Aufführung aller Zeiten!«

UWÄÄÄH – absolut widerlich!

Ich wollte hier raus, und zwar so schnell wie möglich! Ich stand auf und schnappte meine Tasche. Der Reisekaugummi in meinem Mund schmeckte inzwischen wie eine alte Plastiktüte. Beim Rausgehen wollte ich ihn in den Mülleimer werfen, da hatte ich eine Idee. Ich ging ganz dicht an Lorena vorbei und klebte ihn in ihre Locken. Für einen kurzen Moment spürte ich ein triumphierendes Gefühl in mir aufsteigen. Der glorreiche Augenblick war jedoch genauso schnell vorbei, wie er gekommen war.

Lorena hatte zwar Kaugummi in den Haaren, aber was machte das schon, wenn sie zukünftig jeden Tag mit Ben flirten konnte?

Eine Welle der Übelkeit überrollte mich.

Ich presste meine Hand vor den Mund und ging so lässig wie möglich aus dem Klassenzimmer. Erst im Flur fing ich an zu laufen. Ich rempelte eine Gruppe Schüler an, die mir empörte »Heys« hinterherriefen. Die Toiletten waren am anderen Ende. Ich legte einen Sprint hin, der beim 50-Meter-Lauf bestimmt meine Bestzeit gewesen wäre, und stürmte in die Mädchenklos.

Gerade noch rechtzeitig schaffte ich es, mich über die Kloschüssel zu beugen.

Bye-bye, Nervositätskiller!

Dieser Tag war ohne jeden Zweifel einfach nur zum Kotzen.

KAPITEL 3

Was kann einen miesen Tag noch mieser machen?
#Rote-Bete-Eintopf #Räucherstäbchen #Karma

Als ich nach der Schule in die Trambahn stieg, fühlte ich mich immer noch total elend.

Ich ließ mich auf einen der Sitze fallen und beförderte eine halbe Schachtel Tic Tac in meinen Mund, um den ekligen Geschmack loszuwerden. Leider half das nicht gegen Lorenas triumphierendes Grinsen, das sich immer wieder als Großaufnahme in meine Gedanken schob.

Zweitbesetzung! Das konnte Frau Witko-Bock aber so was von vergessen! Gleich morgen früh würde ich im Sekretariat nachfragen, ob ich die AG wechseln könne. Lieber töpferte ich die gesamte Requisite für das Stück, als mich vor Lorena zum Affen zu machen.

»Blöde Kuh«, murmelte ich, und eine alte Frau mit Regenhaube auf dem Kopf guckte mich empört an.

In meiner Tasche machte es *Pling*. Ich zog das Smartphone heraus.

Greta: UND ... wie ist es gelaufen??? Gib uns mal ein Update!

Romy: Beschissen.

Pepa: Oh nein! Was ist passiert?

Romy: Wir mussten improvisieren, Lorena hat mir die Rolle weggeschnappt und mit Ben geflirtet. Ach ja, und dann hätte ich mich fast im Klassenzimmer übergeben.

Greta: Und was machst du jetzt?

Romy: Keine Ahnung. Wollen wir nachher skypen?

Greta: Klar.

Pepa: Bin noch unterwegs. War bei Raffas Handballspiel. Melde mich, wenn ich zu Hause bin. Okay?

Romy: 

An der Warschauer Straße stieg ich aus. Na super! Wegen des ganzen Ärgers hatte ich meine Haltestelle verpasst. Und jetzt fing es auch noch an zu regnen. Ich holte meinen lila gepunkteten Schirm aus der Tasche und spannte ihn auf. Wie immer herrschte auf der Brücke vor der U-Bahn-Station dichtes Gedränge.

Hipster mit Vollbart und Jutetaschen, die nach Friedrichshain strömten, Businessleute, die zu wichtigen Meetings hetzten, coole Mamis mit Sportkinderwagen und Kaffeebechern in der Hand.

Dazwischen hockten die Straßenmusiker, die nicht einmal der Regen davon abhalten konnte, ihre Songs zum Besten zu geben. Gerade überlagerte sich schottische Dudelsackmusik mit *No Woman, No Cry* von Bob Marley – dem Lieblingslied meiner Mutter. Wo waren die Ohropax, wenn man sie mal brauchte?

Als ich endlich in unsere Straße einbog, hatte der Regen nachgelassen. Ich freute mich auf eine große Portion Spaghetti Carbonara, die ich gemütlich in meinem Bett essen wollte. Mein grummelnder Bauch gab mir deutlich zu verstehen, dass er feste Nahrung brauchte. Ich kramte in meiner Tasche nach dem Haustürschlüssel. Emre vom Späti gegenüber stand rauchend unter einem tropfnassen Sonnenschirm und winkte mir zu.

Zum Glück war heute Donnerstag, und das hieß: Romy bestimmt, was gekocht wird!

Ich schloss unsere Wohnungstür auf und wäre am liebsten rückwärts wieder hinausgestolpert. Der Geruch modriger, alter Socken kroch in meine Nase. Mir wurde schon wieder übel. Ich klemmte mir meinen Schal vors Gesicht, lief in die Küche und riss das Fenster auf.

»Mama!«, röchelte ich. »Heute ist Donnerstag!!! Außerdem haben wir ausgemacht, dass du NIE wieder Rote Bete kochst, wenn ich zu Hause bin!«

»Ach, heute ist Donnerstag? Dachte, es sei Mittwoch. Außerdem … du *warst* ja nicht zu Hause!«

Meine Mutter stand am Herd in unserer zitronengelben Retroküche, rührte in einer ekligen rotbraunen Masse herum und summte eine seltsame Melodie.

Sie war barfuß, trug Jeansshorts und eine orangefarbene Batiktunika. Ihre langen blonden Haare hatte sie mit einer indianischen Lederspange zu einem lockeren Dutt hochgesteckt. Das Einzige, was nicht so richtig zu ihrem Hippielook passte, war ihre Nerdbrille.

Ich lehnte meinen Kopf an den Fensterrahmen und atmete die kühle, sockenfreie Luft ein.

Aaah, das tat gut.

Mein Handy machte wieder *Pling*. Ich las die Nachricht und musste lächeln.

Greta: Fiese Zicken haben gegen unsere BFF-Power keine Chance!

Ich wollte gerade zurückschreiben, da wurde mir das Handy aus der Hand gerissen.

»Hey!« Ich sah empört auf.

»Schätzchen, hier ist smartphonefreie Zone.« Mama tippte auf einen Aufkleber, den sie am Kühlschrank befestigt hatte: *Dein Handy stört mein Qi.*

»Menno, das ist aber wichtig.« Ich verschränkte die Arme vor der Brust und machte meine Kleine-Püppi-Schmolllippe, die Mama seit meiner Kindheit erweichte.

»Flugmodus an und wegpacken.« Meine Mutter gab mir das Smartphone zurück und musterte mich von oben bis unten. »Deine Aura strahlt heute etwas sehr Negatives aus.«

Sie umkreiste mich und wedelte mit den Händen vor meinem Gesicht herum.

Oh nein. Jetzt ging das wieder los.

»Brrr ... wirklich, sehr schlechte Schwingungen.«

Mama schüttelte angewidert den Kopf und holte ein Räucherstäbchen aus der Anrichte. Diesen Patschuligeruch konnte ich fast genauso wenig leiden wie Rote Bete.

Während Mama es anzündete, fragte sie beiläufig: »War etwas in der Schule?«

Ich brummte: »Hm ...«, und überlegte, wie ich aus der Nummer schnellstmöglich herauskam. Ich wollte jetzt nicht über die blöde Theater-AG-Sache reden. Damit musste ich erst einmal selbst klarkommen. Aber so schnell gab Mama nicht auf. Sie war Heilpraktikerin – spezialisiert auf energetische Heilung und Klangschalentherapie, und ich war ihr liebstes Opfer. Immer wenn sie vermutete, dass es mir schlecht ging, stürzte sie sich auf mich wie Edward Cullen auf einen Blutbeutel.

In meinem Kopf braute sich ein Horrorszenario zusammen: Wenn ich ihr nicht erzählte, was mich bedrückte, endete das mit stundenlangem Psychogequatsche, Aurareinigung, Klangmassagen ... HILFE!

Ich versuchte, durch die Küchentür zu entwischen, aber Mama legte ihren Arm um meine Schultern und zog mich an den Esstisch aus weiß lackierten Weinkisten. Alles in unserer Wohnung war shabbychic. Meine Mama liebte es, auf Flohmärkten und in kleinen Antiquitätenläden nach besonderen Möbeln zu suchen, denen sie dann auf unserem Balkon mit Farbe und Schleifpapier ein Feintuning verpasste. Mir hätte es besser gefallen, wenn wir wie Gretas Familie einfach eine ganz normale Ikea-Wohnung gehabt hätten. Was nützte mir ein einzigartig-individueller Schrank, wenn meine Klamotten nicht hineinpassten?

Mama drückte mich auf einen Stuhl und setzte sich mir gegenüber. Das Ganze sah verdächtig nach einem Verhör aus.

»Romy, du wirst mir doch kurz mal erzählen können, wie dein Schultag war?« Sie faltete ihre Hände im Schoß und guckte mich an, als wäre sie der Dalai Lama höchstpersönlich.

Da eine Flucht vorerst nicht möglich war, gab es nur eine Option: Ich musste meinen Vierpunkteplan bei lästigen Elternfragen ausführen.

1. **Cool bleiben**
   (auf keinen Fall nervös herumzappeln)
2. **Ablenkungsmanöver starten**
   (Blumen gießen, Socken sortieren …)
3. **Knappe Antworten geben**
   (NICHT lügen, Eltern merken sofort, wenn man nicht ehrlich ist.)
4. **Gegenfragen stellen**
   (möglichst unverfängliche Themen wählen: Hast du heute Milch gekauft? Wie hat Hertha BSC gestern gespielt?)

Ich schnappte mir einen Joghurt aus dem Kühlschrank, lehnte mich an die Spüle und löffelte ihn lässig in mich hinein.

»Hab eine Drei in Bio. In Sport bin ich fast vom Schwebebalken gefallen, und in der Theateraufführung bin ich Julias Zweitbesetzung. Hast du heute noch viele Patienten?«

Ich hätte mir gern selbst auf die Schulter geklopft. Perfekte Ausführung, Romy!

Ich stellte den Joghurtbecher in die Spüle. Mama ging zu ihrem Stinketopf und sagte: »Um sieben hab ich noch eine Gruppe.« Sie begann wieder zu summen, und ich griff nach meiner Tasche. Das war *die* Gelegenheit, mich aus dem Staub zu machen. Doch da drehte sich Mama um. Auf ihrer Stirn hatten sich kleine Fältchen gebildet. Das konnte nichts Gutes bedeuten.

»Aber …« Sie sah mich mit zusammengekniffenen Augen an. »… wolltest du nicht unbedingt die Hauptrolle spielen?«

Mist! Mist! Mist! Mein Vierpunkteplan war gescheitert.

»Jaaa, schon …«, sagte ich gedehnt. Jetzt musste ich mir blitzschnell eine neue Strategie überlegen.

»Weißt du, die Zweitbesetzung ist total wichtig, weil sie der Hauptrolle den Rücken freihält und man wahnsinnig viel dabei lernen kann.«

Mama guckte sehr skeptisch. Offensichtlich kaufte sie mir das nicht ab. Sie nahm meine Hand. Panik breitete sich in mir aus. Jetzt würde sie mich gleich in ihren Praxisraum schleifen und mich mit Bergkristallen und Om-Rufen traktieren.

»Ach, Schätzchen. Ich weiß doch, wie hart du für das Vorsprechen gearbeitet hast. Beim nächsten Mal klappt es bestimmt.«

Wie? Was?

Mama stand auf und drückte mich so fest an sich, dass ich kaum noch Luft bekam. Ich schmiegte meinen Kopf an ihre Schulter. Ein bisschen ausweinen wäre jetzt schon ganz schön. Vielleicht würde mir Mama sogar einen heißen Kakao mit Zimt kochen …

Mama strich mir über den Kopf. »Das Beste ist, wir arbeiten mal an deinem Karma. Ich hab da schon ein paar Ideen …«

Und vorbei war der heimelige Mama-Moment. Diese Karmasache war eines ihrer Lieblingsthemen. Es war an allem schuld: Waschmaschine kaputt, U-Bahn verpasst, Erkältung bekommen. Alles Karma. Na klar.

Mama verstand einfach nicht, dass ich manchmal ein bisschen mehr von ihr brauchte als dieses esoterische Geblubber.

»Nein, danke. Ich bin mit meinem Karma sehr zufrieden.«

Ich löste mich aus ihrer Umarmung, schnappte meine Tasche und ging aus der Küche. Dann knallte ich meine Zimmertür zu und warf mich auf mein Bett. Dieser Tag war eine einzige Katastrophe. Was ich jetzt dringend brauchte, waren Sterne …

Für die echten Sterne war es noch zu früh, aber das machte nichts, denn ich hatte eine gute Alternative:

Lichterketten und meine absolute Lieblingsserie *Sterne über Berlin*.

DARUM GEHT ES BEI
STERNE ÜBER BERLIN

Clara ist vor Kurzem nach Berlin gezogen. Hier hat sie die Tanzschule *BerlinStars* eröffnet. Clara ist unsterblich in Timo Winter verliebt. Sie muss ihre Gefühle jedoch verbergen, weil sie ihre beste Freundin Sofia nicht verletzen will.

Pedro ist Claras Exfreund und betreibt gegenüber der Tanzschule ein kleines Café. Er hat eine Affäre mit Sofia, von der aber niemand weiß.

Timo Winter ist mit Sofia zusammen und arbeitet in der Anwaltskanzlei seines Vaters in der Sternstraße.

Sofia ist Claras beste Freundin und arbeitet als Tanzlehrerin bei *BerlinStars*. Sofia ist auf Claras Erfolg eifersüchtig und intrigiert gegen sie.

Ich kuschelte mich in meine Kissen und klappte den Laptop auf.

Endlich hatte ich meine Ruhe. Schön …

Ich klickte auf die Homepage und las mir die News zur Serie durch.

Es gab ein Interview mit Pedro und Sofia. Clara hatte ein neues Dance-Tutorial bei YouTube eingestellt.

Das würde ich bei Gelegenheit mal ausprobieren. Doch dann las ich etwas, das mein Herz für einen kurzen Augenblick höher schlagen ließ:

Tanz wie deine Stars aus *»Sterne über Berlin«*, und komm zu einem unserer exklusiven Kurse nach Hamburg, München, Dortmund, Hannover und Berlin.

Das war ja der Hammer! Da musste ich unbedingt mitmachen. Ich klickte auf *Berlin.*

Mal gucken, wo der Kurs angeboten wurde. Aha, im *Dreamdance-Studio Schöneberg* und … mein Herz begann schneller zu klopfen: im *Sportverein Friedrichshain.*

Ich suchte nach einem Link für das Anmeldeformular, konnte aber keinen entdecken. Stattdessen las ich ganz unten am Rand: **Alle Plätze in unseren Berliner Kursen sind bereits belegt.**

Na toll! War ja klar, dass sich die fiese Pechsträhne heute fortsetzen würde.

Ich drückte meine Nase in mein Stoffschwein Mr Pig und klickte die neue Folge an. Die Titelmelodie erklang, und ich sang leise mit:

Komm lass uns fliehn
Komm lass uns fliehn
Zu den Sternen über Berlin ...

Neben meinem Kopf spürte ich ein leichtes Vibrieren. Ich drückte auf Stopp und wühlte mein Handy unter den Kissen hervor.

Pepa: Bin jetzt online.

Dann mussten die Sterne noch ein bisschen warten.

Ich loggte mich bei Skype ein. Greta war schon da. Ich klickte auf das blaue Videosymbol. Auf dem Bildschirm erschienen Pepas und Gretas Gesichter.

»Hi, Mädels!« Ich winkte in die Kamera.

»Hey Leute!« Greta winkte zurück. Im Hintergrund hörte ich leise Musik.

»Was läuft denn da?«, fragte ich. »Klingt seltsam.«

»Das ist eine alte Platte von Papa. *Blood, Sweat and Tears.* Hat ihm Mama zu ihrem ersten Jahrestag geschenkt.« Gretas Miene verfinsterte sich. »Damals haben sie bestimmt noch nicht so oft gestritten.«

»Willst du darüber reden?«, fragte ich.

Greta schüttelte den Kopf. »Pepa, wie war das Handballspiel?«

Pepas Bild wackelte, dann polterte irgendetwas. Sie verschwand, und ihr Fenster wurde schwarz. Man hörte sie rufen: »MAMA, ich skype gerade!«

»Ich guck schon nicht«, sagte Frau Käßmann mit gedämpfter Stimme. »Räume nur schnell deine Wäsche in den Schrank.«

Pepas Kopf erschien wieder im Bild. Sie sah verärgert aus und flüsterte: »Also das Handballspiel war nicht so toll.

Raffas Mannschaft hat 24 zu 22 verloren. War voll knapp. Aber wir haben danach noch ein paar Torwurfübungen auf dem Sportpla…«

»In Raffas Sportverein gibt es demnächst einen *Sterne über Berlin*-Tanzkurs«, platzte es aus mir heraus.

»Psst …«, flüsterte Pepa und machte wilde Gesten, aber es war zu spät. Hinter meiner Freundin schob sich Frau Käßmann ins Bild. »Ein Tanzkurs? Romy, das ist aber toll! Hast du dich dafür schon angemeldet?«

»Nein«, antwortete ich. »Leider sind keine Plätze mehr frei.«

»Ach, sehr schade! Ein bisschen tanzen wäre doch genau das Richtige für meine Pepa!« Auf Pepas Stirn hatte sich eine steile Falte gebildet. Man sah ihr genau an, dass ein bisschen tanzen überhaupt nicht das war, was sie sich als Freizeitbeschäftigung wünschte.

»Mama, kannst du uns jetzt bitte in Ruhe lassen! Wir müssen noch den Geschichtsaufsatz besprechen.«

Frau Käßmann strich Pepa über die braunen Haare und sagte: »Ja, ist schon gut. Ich störe euch nicht mehr. Tschüs, ihr zwei.« Sie winkte in die Kamera. Dann hörte man eine Tür ins Schloss fallen.

Pepa wartete einen kurzen Moment und rief dann empört: »Romy, du darfst doch so etwas nicht in Anwesenheit meiner Mutter sagen!«

»Sorry«, sagte ich zerknirscht. »Meine innere Festplatte läuft heute nur noch im Energiesparmodus. Der Tag war eine einzige Katastrophe!«

»Ach so, ja.« Pepas Stimme hörte sich schon wieder versöhnlicher an. »Jetzt erzähl mal, was heute los war.«

Ich seufzte. Für einen kurzen Augenblick hatte ich das Zweitbesetzungsdesaster vergessen. Jetzt prasselten die ganzen Gefühle wieder auf mich herab, während ich von Dornröschen, dem Zwerg und meinem Pickel erzählte.

»... blöder hätte es nicht laufen können«, beendete ich meinen Bericht. »Keine Hauptrolle, kein Ben, kein gar nichts!«

»Scheiße«, brummte Greta.

»Ja, Scheiße!«, stimmte Pepa zu. »Aber jetzt wird trotzdem keine Deprinummer geschoben.« Sie kam ganz nah an den Bildschirm und guckte mich streng an. »Auf die Witko-Bock und ihre blöde Theater-AG bist du doch gar nicht angewiesen!«

»Weiß nicht«, sagte ich. »Vielleicht hat sich Gretas Test geirrt, und ich habe doch nicht das Zeug, eine professionelle Schauspielerin zu werden. Meint ihr, die Astronomie-AG würde mich noch aufnehmen?«

»Du wirst dich doch von Lorena nicht fertigmachen lassen?« Gretas Stimme wurde laut.

»Genau!«, rief Pepa. »Bei Romeo und Julia sind am Ende sowieso alle tot. Du bekommst bestimmt viel bessere Rollen!«

»Hast du schon den neuen Wolke-Blog gelesen?«, fragte Greta.

Ich schüttelte den Kopf. »Na, dann mach mal. Der passt perfekt zu deinem miesen Tag!« Greta hielt ihre Hand in die Kamera und rief: »Ein bisschen Wolkensegeln wird dir guttun. Lass dich nicht unterkriegen, Süße!«

WWW – Wolkes Weekly Wisdom

Was das Leben so bringt von A – Z

A wie Aufgeben:

Ihr kennt das: Es gibt Tage, da ist alles too much. Too much information, too much bullshit.

Ich nenne sie auch Wolkentage, ha!, wie passend. Denn an solchen Tagen verziehe ich mich in mein Bett, den besten Ort der Welt. Es sieht tatsächlich aus wie eine Wolke. Ich stehe nämlich total – wie sollte es anders sein – auf wolkenweiße Bettwäsche. Weiße Kissen (am besten Tausende), weißes Daunenbett – alles um mich herum hüllt mich in weiße, fluffige Wolken. Da ist alles in Ordnung, da ist alles gut. Da geh ich hin, wenn mir alles zu viel ist. By the way, da war ich gerade noch drin.

Aber meine Wolke ist nicht wie das Leben, das ist da draußen, und das ist manchmal gar nicht fluffig. Das ist manchmal scheiße, es läuft nicht so, wie man will, und wenn es so läuft, wie man wollte, ist es dann doch am Ende anders, als man es sich vorgestellt hat.

ÜBER MICH

Hallo! Schön, dich zu sehen :) Ich bin Wolke, und hier schreibe ich über alles, was in meinem Leben passiert. Stay cloudy!

MAIL

Ausgehen Dek
Fashion Foto
Freunde Lifestyl
Shopping Hau
Liebe Part
Wohnen

Was ich damit sagen will? Ganz einfach: Habt ihr auch so ein kuscheliges Bett, egal ob in Wolkenweiß, quietschbunter Flowerpower oder süßem Snoopy-Druck?

Geht da rein, steckt den Kopf unter die Decke, macht die Augen zu, und dann holt tief Luft.

Die Welt da draußen bleibt, wie sie ist, sie dreht sich einfach weiter. Aber an eurem eigenen Leben könnt ihr was ändern.

Ausruhen ist eine Option.

Aufgeben nicht.

Eine Runde verkriechen ist okay. Und wichtig.

Aber danach wieder raus und eben nicht alles hinschmeißen.

Egal, wer oder was euch traurig oder wütend macht, denkt daran: Jeder hat sein eigenes Wolkenbett. Jeder liegt da ab und zu drin und denkt dasselbe. Jeder hat seine eigene Battle, von der ihr nichts wisst.

Deswegen schön mit Schwung auf, raus – und weitermachen.

Verkriechen hat noch keinem was gebracht, sogar der halb blinde Maulwurf (kennt ihr den noch? Das war meine Lieblingszeichentrickfigur) kommt ab und zu raus und blinzelt ins grelle Sonnenlicht.

Das Leben fordert uns heraus, es will sehen, was wir draufhaben. Zeigt es ihm, ihr werdet belohnt.

So long, eure Wolke

#staycloudy #aufgebenistkeineoption

KAPITEL 4

»Du siehst ganz schön fertig aus.« Pepa lehnte sich über unseren Vierertisch. Wir hatten gerade Geschichte. Im Klassenzimmer herrschte eine, sagen wir … lockere Atmosphäre: Niemand passte auf. Eine gute Gelegenheit, um über meine Probleme zu reden.

»Hab gestern Nacht wenig geschlafen«, gähnte ich.

»Du Arme. Wegen Lorena und Ben?« Pepa sah mich mitleidig an. Ich nickte.

»Wirst du jetzt zur Astronomieexpertin, oder bleibst du in der Theater-AG?«, fragte Greta.

»Ich bleibe. Die lassen mich mitten im Jahr nicht wechseln. Aber so hab ich vielleicht endlich mal die Gelegenheit, Lorena eins auszuwischen!«

»Aha.« Greta zog die Augenbrauen hoch und malte einen Totenkopf auf ihren Unterarm. »Wie willst du das denn machen?«

»Hab ich mir schon genau überlegt.« Ich zog einen kleinen Zettel aus der Hosentasche. Den hatte ich gestern Nacht geschrieben, nachdem ich Wolkes Blog gelesen hatte. Wolke war momentan eine der angesagtesten Lifestyle-Bloggerinnen. Wenn ich ihre Texte gelesen hatte, fühlte ich mich immer total gut.

Ich faltete das Papier auseinander und legte es auf den Tisch. Darauf stand:

- Lorena während der Romeo-und-Julia-Aufführung im Klo einsperren
- ihre Gesichtscreme mit Selbstbräuner vertauschen
- Ben erzählen, dass sie einen ansteckenden Ausschlag hat
- in ihrem Rucksack einen Hundehaufen verstecken

Pepa guckte mich entsetzt an und flüsterte: »Das kannst du ja wohl nicht ernst meinen!«

Ich wollte gerade antworten, dass Lorena diese Sachen auf jeden Fall verdient habe, da trat mir Greta auf den Fuß und wisperte: »Achtung, die Nacktschnecke kommt!«

Ich ließ den Zettel schnell unter meinem Geschichtsheft verschwinden und tat so, als ob ich höchst interessiert die Tafelanschrift lesen würde. Herr Nachtscheck, unser Geschichtslehrer, warf uns einen strengen Blick zu und ging wieder zum Lehrerpult.

Puh … noch mal Glück gehabt. Der Nacktschnecke wollte niemand zu nahe kommen.

Ich sage nur: absolute Totalkatastrophe!

»Also?« Pepa gab mir einen Stoß in die Rippen.

»Was?«

»Na, willst du Lorena wirklich Selbstbräuner in die Gesichtscreme füllen?«

Warum guckte sie denn so skeptisch?

»Okay, das vielleicht nicht.« Auf der Liste standen ja noch viel bessere Sachen. »Greta, kannst du mir morgen einen Hundehaufen von Bono mitbringen?«

»Uääh!«, machte Pepa. Greta tippte sich an die Stirn und zischte: »Ganz sicher nicht!«

»Die Damen Westing, Käßmann und Sandberg sind ja offensichtlich bestens mit dem Unterrichtsstoff vertraut.« Herr Nachtscheck hatte die Arme vor dem kackbraunen Jackett verschränkt und musterte uns mit strengem Blick. »Dann können Sie mir bestimmt die wichtigsten Eckdaten zur Französischen Revolution nennen.« Ich hätte ihm am liebsten gesagt, dass er mich auch duzen dürfe. Hallo – ich war 14! Aber das traute ich mich nicht, denn jetzt zog die Nacktschnecke das kleine Notenbuch aus der Brusttasche. Mist!

»Würde mir das Fräulein …«

Nicht ich, bitte nicht ich!

»… Westing eventuell die Ehre erweisen?«

Na toll! Irgendwie hatten es die Lehrer auf mich abgesehen. Vielleicht hing im Lehrerzimmer eine Dartscheibe mit Fotos von Schülern an der Wand, auf der sie per Pfeilwurf den Buhmann der Woche bestimmten. Diese Woche war Romy Westing definitiv zum Abschuss freigegeben.

Da diese blöden Eckdaten in meinem Gedankenkosmos nicht vorkamen, konnte ich nur noch mit Souveränität punkten. Ich strich meine Haare aus der Stirn und setzte mein Streberlächeln auf. Das war etwas eingerostet, weil ich es nicht so oft brauchte.

»Sooo … also die Französische Revolution … äh … die hat in Frankreich stattgefunden.« Einige Schüler gluckten.

Die Nacktschnecke rümpfte die Nase. »Weiter.«

Im Augenwinkel sah ich, dass Greta etwas in ihr Heft kritzelte. Ich schielte zu ihr hinüber. Was sollte denn das bedeuten? Na ja, egal. Greta war gut in Geschichte.

»Am 14. Juli 1789 war der Sturm auf die Pastille.«

Ich guckte triumphierend, aber die Augen der Nacktschnecke verengten sich zu Schlitzen.

»Die korrekte Aussprache ist Bas-ti-je, nicht Pastille.« Das Lachen der anderen Schüler wurde lauter. »Das müssten Sie inzwischen aber eigentlich wissen.«

»Mmm…hm.«

So ein Blödmann! War mir doch egal, wie man das aussprach.

Pepa, Greta und ich hatten Spanisch als zweite Fremdsprache gewählt. Das war viel nützlicher als Französisch. Vor allem wenn man in den Urlaub fuhr. Außerdem kam Pepas Mutter aus Uruguay. Das war in Südamerika, und dort sprach man Spanisch. Großer Vorteil für uns, denn Pepa konnte uns super bei den Hausaufgaben helfen.

»Zeigen Sie mir mal Ihren Aufsatz.« Die Nacktschnecke hatte mich ins Visier genommen und kam direkt auf mich zu.

Mist! Mist! Mist!

Ich rutschte mit meinem Stuhl so weit wie möglich zurück, denn ich wollte auf keinen Fall mit der Glatzensprenkleranlage in Berührung kommen, und überlegte, welche Ausrede ich ihm auftischen könnte.

Das Problem war, dass ich gestern überhaupt keine Hausaufgaben gemacht hatte. Wann hätte ich dafür noch Zeit haben sollen? Ich wollte gerade ausholen und die dramatische Geschichte von meinem Heft und dem Staubsauger erzählen, da klopfte es an der Tür.

Die Nacktschnecke guckte genervt. Unterrichtsstörungen konnte er gar nicht leiden. Ziemlich unfreundlich rief er: »Herein!«, und ging wieder zur Tafel.

Ich atmete auf.

Neugierig guckte ich zur Tür. Ein Mädchen in Poncho betrat das Klassenzimmer, um den Hals trug sie eine große Ethnokette aus bunten Perlen.

Wer war das denn? Das Styling war jedenfalls ziemlich außergewöhnlich.

»Ja bitte, junges Fräulein?«, blaffte die Nacktschnecke. »Was wollen Sie?«

»Ich ... äh ...« Das Mädchen wickelte seine Haare um den Finger. Die waren rotblond und fielen ihr in leichten Wellen auf die Schultern. »Jaaa?« Die Nacktschnecke trommelte ungeduldig mit den Fingern auf dem Lehrerpult herum, und das Mädchen zwinkerte ganz komisch.

»Also ich ...ich ...« Gut möglich, dass sie vom Anblick der Nacktschnecke so geschockt war, dass sie gar nicht mehr wusste, warum sie hier war.

Sie räusperte sich. »Ich heiße ... äh ... Josefine Becker und soll hier in diese Klasse gehen!«

Aha, das war ja interessant. Mitten im Jahr eine Neue?

»Aha«, sagte nun auch die Nacktschnecke. Er stand auf und ging einige Schritte auf Josefine zu. »Und warum kommen Sie erst jetzt? Es ist bereits neun Uhr fünfzehn. Der Unterricht beginnt um acht.«

Josefine wurde rot. »Hab mich verf...« Den letzten Teil des Satzes konnte man nicht verstehen, weil sie so leise redete.

»Lauter!«, rief die Nacktschnecke. Josefine wankte zurück. Die Arme. Bestimmt hatte sie gerade eine Ladung Faule-Eier-Mundgeruch abbekommen.

»Ich ...ich ... hab mich verfahren.«

Die Nacktschnecke schien sich damit zufriedenzugeben.

»Wie auch immer. Suchen Sie sich bitte einen Platz.« Josefine stand unschlüssig im Mittelgang. Man sah ihr an, dass sie keine Ahnung hatte, wo sie sich hinsetzen sollte, aber Herr Nachtscheck ignorierte sie einfach und sagte:

»Wir machen mit dem Unterricht weiter.«

Ich überlegte, ob ich eine Übelkeitsattacke vortäuschen sollte. Darin hatte ich ja jetzt Übung. Auf dem Klo konnte mich die Nacktschnecke schließlich nicht ausfragen. Aber dann sah ich, dass er überhaupt nicht zu mir, sondern zur Tafel ging.

»Schlagen Sie Seite 79 im Geschichtsbuch auf. Herr Kampe, bitte lesen Sie den ersten Abschnitt vor.«

Ich hätte am liebsten laut gejubelt. Das war doch echt nicht zu fassen! Die Nacktschnecke hatte mich einfach vergessen. Pepa und Greta grinsten.

Ich holte mein Geschichtsbuch aus der Tasche und lehnte mich zufrieden zurück. Mann, da hatte ich aber echt Glück gehabt … oder war es gar kein Glück?

Mein Blick blieb an meinem Bucheinband hängen. Am Anfang des Schuljahres hatte ich eine total dämliche Diskussion mit Mama gehabt. Sie wollte unbedingt alle meine Bücher mit einem Papier einbinden, auf dem Ganesha abgedruckt war.

Ganesha ist ein hässlicher rosa Elefantengott mit vier Armen und einem goldenen Turban auf dem Kopf.

Wer will so was schon jeden Tag sehen?

Jetzt brachte er mich aber auf eine Idee:

Vielleicht … also nur rein theoretisch … war an Mamas Karma-Quatsch doch etwas dran, und ich konnte mein Glück

beeinflussen. (Das würde ich ihr natürlich niemals erzählen!)

Mein zukünftiges Happy End mit Ben und meine Schauspielkarriere brauchten einen kleinen Schubs … ein bisschen kosmische Hilfe.

Nur, wie bekam man die?

»Fräulein Becker, würden Sie sich endlich hinsetzen!«, rief die Nacktschnecke.

Ich blickte auf.

Josefine stand immer noch im Gang und starrte auf ihre Schuhspitzen. Sie tat mir ein bisschen leid, und plötzlich hatte ich so etwas wie eine Erleuchtung: Das Universum hatte mir eine Schicksalsprüfung mit Poncho und Ethnokette geschickt. In Mathe war ich mindestens genauso schlecht wie in Geschichte, aber diese Gleichung verstand sogar ich:

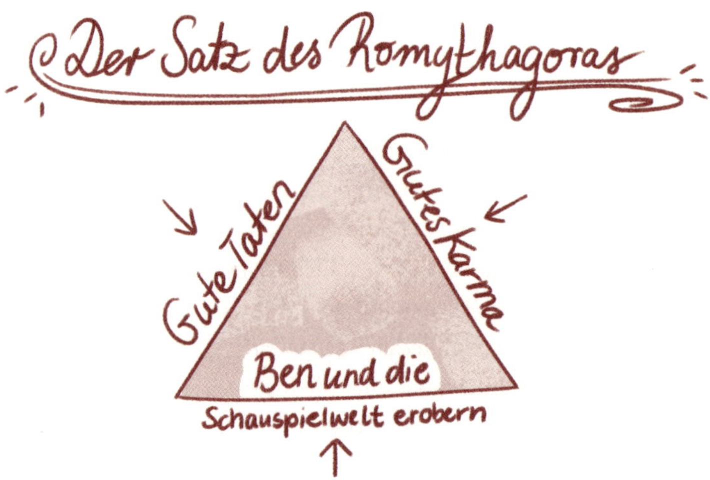

»Du kannst bei uns sitzen!«, rief ich, ohne weiter darüber nachzudenken. Pepa und Greta starrten mich mit offenem Mund an.

In diesem Schuljahr hatten wir es zum ersten Mal geschafft, einen Vierertisch zu bekommen, an dem wir aber immer nur zu dritt saßen. Der vierte Stuhl war wirklich sehr praktisch. Wir benutzten ihn als Kleiderständer, Bücherablage und in den Pausen als Wellnessliege für unsere Füße. Das war jetzt alles vorbei, wenn Josefine ihn zukünftig besetzte.

Ich konnte verstehen, dass Greta und Pepa ziemlich bedröppelte Gesichter machten.

Für lange Erklärungen war nun aber keine Zeit mehr, denn Josefine war zu unserem Tisch gekommen und trat unsicher von einem Bein auf das andere.

»Äh, hallo«, sagte ich und räumte den Stuhl ab.

»Hallo.« Josefine lächelte schüchtern und setzte sich auf die äußerste Kante unserer ehemaligen Wellnessliege.

Greta streckte Josefine die Hand hin und sagte: »Hey, ich bin Greta.«

»Und ich bin Romy!«

Unter dem Tisch stieß ich Pepa mit dem Fuß an. Die brummte: »Hi.«

»Also, Josefine«, flüsterte ich. »Du hast hier einen der besten Tische der Klasse erwischt. Perfekte Sicht auf die Tafel, aber trotzdem so geschützt, dass man auch mal etwas Interessanteres als Geschichtsbücher lesen kann.« Zum Beweis schob ich ihr die *Glamour* rüber. Josefine machte große Augen. »Am Tisch ganz vorne sitzt die Streberfraktion. Die sind

ganz harmlos, aber vor Lukas Kampe musst du dich in Acht nehmen, weil der ganz schrecklich …«

»FRÄULEIN WESTING!«, brüllte die Nacktschnecke. »Wie oft soll ich noch sagen, dass …«

Die Schulglocke läutete, und so erfuhr ich leider nicht mehr, was mir die Nacktschnecke so dringend sagen wollte.

Dann eben beim nächsten Mal!

Mein Lehrer warf mir noch einen vernichtenden Blick zu, dann raffte er seine Bücher zusammen und rauschte aus dem Klassenzimmer.

Jetzt hatten wir erst einmal 15 Minuten Pause.

»Kommt ihr mit zum Getränkeautomaten?«, fragte ich. Die ganze Aufregung hatte mich schrecklich durstig gemacht.

»Jo.« Greta stand auf und biss in ihr Käsebrot.

»Pepa, Lust auf 'ne Pepsi?« Ich kicherte. Das war einer meiner Lieblingssprüche. Pepa streckte mir die Zunge raus und sagte: »Klar, wenn du sie mir ausgibst!«

Wir waren schon fast an der Tür, da zupfte mich Greta am Ärmel. »Du, sollen wir die Neue nicht mitnehmen?« Sie deutete auf Josefine, die verlassen an unserem Tisch saß und einen Apfel zwischen ihren Händen drehte.

»Ups! Ach so … ja. Ganz vergessen.« Das mit den guten Taten war noch etwas ungewohnt für mich.

»Warum hast du die Neue eigentlich an unseren Tisch geholt?«, fragte Pepa. »Du hast doch immer gesagt, den vierten Stuhl geben wir erst her, wenn wir Abi machen.«

»Na ja, ich hab gedacht, wir können auch mal nett sein«, antwortete ich und betrachtete meine Fingernägel. »Josefine stand da so traurig und allein. Wäre doch schön, wenn wir uns ein bisschen um sie kümmern, oder?«

»Romy. Wenn du dich um Josefine kümmern willst, musst du schon ein bisschen mehr tun, als zu erklären, dass man im Unterricht die *Glamour* lesen kann.« Greta gab mir einen Klaps auf die Stirn und ging zu unserem Tisch zurück.

»Wo kommst du eigentlich her?« Wir standen am Getränkeautomaten. Ich nuckelte an meinem Eistee und schaute mir die Neue mal etwas genauer an: Sie hatte ein paar Sommersprossen auf der Nase, und wenn sie lächelte, sah sie wirklich nett aus.

»Brandenburg«, antwortete Josefine. »Ein ganz kleines Dorf. Kennt ihr bestimmt nicht.«

»Wolltet ihr lieber in der Großstadt wohnen?«, fragte Greta.

Josefine biss in ihren Apfel. »Mmh ... ja. Meine Mama eröffnet bald einen Friseursalon am Boxhagener Platz.«

»Cool«, sagten Greta und ich gleichzeitig.

Ich dachte an kostenlose Haarschnitte, Trendfrisuren und Shampooproben. Das war nicht schlecht.

»Kann ich da bald mal vorbeikommen?«, fragte ich. »Brauch dringend einen neuen Haarschnitt.«

»Dauert leider noch ein paar Wochen«, sagte Josefine. »Meine Eltern müssen den Salon erst renovieren. Aber dann gern.«

»Was willst du denn verändern?«, fragte mich Greta.

Ich zuckte mit den Schultern. »Keine Ahnung. Hast du 'ne Idee, Josefine?«

Josefines Gesicht lief rosa an. Sie guckte schnell auf den Boden und murmelte: »Ein Longbob würde dir gut stehen und honigblonde Strähnen.«

Ich betrachtete mich in der Glasscheibe des Getränkeautomaten. Hm, ein seitlicher Pony. Darauf wäre ich selbst nie gekommen.

»Geniale Idee«, lachte ich. »Gibt es davon noch mehr?«

Josefine linste zu Pepa hinüber.

»Bei dir könnte ich mir gut Locken vorstellen.«

Pepas Miene verfinsterte sich. »Ich hasse Locken!«

Oh, Mann, da war Josefine gleich mal in ein Fettnäpfchen getreten. Pepa konnte es überhaupt nicht ausstehen, wenn man ihr neue Klamotten oder Frisuren aufschwatzen wollte.

Josefine war knallrot angelaufen. Die Arme. Lieber schnell einen neuen Thread eröffnen.

»Woher hast du denn die Kette? Die ist mega!«

Josefine lächelte mich dankbar an. »Hab ich mal auf einem Flohmarkt gekauft.«

»Cool. Wir gehen auch gern auf Flohmärkte«, sagte Greta und zupfte an ihrer Lederjacke. »Warst du schon mal sonntags am Boxi? Da kann man echt tolle Schnäppchen machen.«

Josefine schüttelte den Kopf.

»Na, dann können wir ja mal zusammen hingehen, oder?«

»Und wir zeigen dir die besten Secondhandläden in Friedrichshain«, rief ich.

Ich musste sagen: Für eine Schicksalsprüfung war Josefine wirklich nett. Es machte richtig Spaß, mit ihr zu reden. Außerdem schien sie ein Styling-Crack zu sein. Nur der Name war ganz schön sperrig. Jo-se-fi-ne. Da musste etwas Kürzeres her.

»Hast du eigentlich einen Spitznamen?«, fragte ich.

»In meiner alten Schule haben mich alle Fine genannt, aber das gefällt mir nicht mehr.« Da hatte sie recht. Fine hörte sich nach einem Meerschweinchen an.

»Man könnte es englisch aussprechen. Josephine. Da gab's auch mal 'nen Song von *Reamonn*«, meinte Greta.

Josefine sah mich fragend an. »Wie findest *du* Josephine?«

»Hm … Immer noch zu lang. Wie wäre es mit Josi? Das ist kurz und klingt nach einer amerikanischen …« Ich konnte nicht weitersprechen. Raffa, Nick und BEN waren um die Ecke gebogen und blieben vor dem Getränkeautomaten stehen.

»... skaten im Park am Gleisdreieck wär echt nice«, sagte Nick zu den Jungs. »Das Wetter ist heute perfekt.« Dann grinste er uns an. »Hi, Mädels! Alles fit?«

»Klar.« Ich strich mir die Haare aus der Stirn und lächelte. Oh Gott! Ben sah wieder mal sooo gut aus! Er sagte »Hi« in unsere Richtung und griff sich mit einer lässigen Armbewegung die Cola aus dem Automaten. Mein Herz klopfte wie verrückt. Ich musste ihn unbedingt in ein Gespräch verwickeln. »Also Ben ... echt super, dass du den Romeo spielst«, stammelte ich. Ben machte »Hm« und ging dann zu zwei Jungs aus seiner Klasse.

War ich so langweilig, dass er nicht einmal einen ganzen Satz mit mir sprechen konnte?

»Pepa, kommst du auch mit skaten?«, fragte Nick, während er sich ein Mineralwasser aus dem Automaten zog. »Du hast doch mal gesagt, dass du mein neues Board ausprobieren möchtest.«

»Weiß noch nicht. Wir wollten heute Nachmittag eigentlich zu *Juicy Lucy* gehen«, antwortete Pepa.

»Überleg's dir«, sagte Raffa und zog Pepa am Pferdeschwanz. Die rief: »Hey!«, und boxte ihren Bruder in die Rippen.

»Wann geht ihr denn skaten?«, fragte ich Nick. Mir war gerade eine grandiose Idee gekommen.

»So gegen drei. Hast du auch Lust?« Nick lächelte mich an. Er war cool und auch ganz hübsch, aber mehr so der Typ Surferboy. Mit Ben konnte er nicht mithalten.

»Supergern«, sagte ich total lässig. »Ich LIEBE skaten!«

»Echt? Wusste ich gar nicht«, sagte Nick und grinste in Pepas Richtung. »Dann sehen wir uns später im Park am Gleisdreieck. Ciao, Mädels!«

»Du liebst skaten?!«, sagte Greta, als die Jungs um die Ecke gebogen waren. »Also echt. Wer soll dir denn das glauben?« Greta kicherte und schüttelte den Kopf. »Du kannst doch noch nicht mal richtig Fahrrad fahren.«

»Ach, Skaten wird schon nicht so schwer sein.« Das klang optimistischer, als ich mich fühlte. »Kommt ihr mit? Bitte, bitte, bitte! Das ist meine Chance, mit Ben mal außerhalb der Schule zu reden.«

Josi machte große Augen.

»Sie ist in Ben verknallt«, erklärte Greta. »Ein besonders schwerer Fall.« Sie legte den Arm um meine Schultern. »Ich bin dabei.«

Ich sah Pepa mit meinem süßen Hundeblick an. Den hatte ich mir von Bono abgeguckt. Wenn er Greta so anschaute, bekam er immer viele Hundekekse.

»Hilfst du mir? Du bist die Einzige, die mir Skaten beibringen kann!«

Pepa seufzte und murmelte: »Na gut! Aber zu *Juicy Lucy* gehen wir trotzdem, okay?«

»Na klar.« Ich warf Pepa eine Kusshand zu und lächelte Josi an. Dass das Universum in Expressgeschwindigkeit arbeitete, hatte ich wirklich nicht gedacht.

KAPITEL 5

Romy Westing mit Pepa Käßmann und 5 weiteren Personen – hier: Park am Gleisdreieck/Gleisbowl

»Brauchst du Josi echt als Stylingberatung? Zieh doch einfach Jeans und ein T-Shirt an.« Pepa saß mit angezogenen Beinen auf meinem Fensterbrett und starrte auf die gegenüberliegende Häuserfront.

»Klar! Mein Skate-Outfit muss einfach hammermäßig werden, damit Ben mich endlich gut findet.« Ich lag auf meiner Couch und blätterte in einer Modezeitschrift. Vielleicht konnte ich mir hier noch ein paar Anregungen holen.

»Schon …«, murmelte Pepa. »Aber vom Skaten hat Josi doch keine Ahnung.« Sie hauchte gegen die Fensterscheibe und malte mit dem Finger ein Strichmännchen auf die milchige Fläche.

»Muss sie ja nicht.« Ich stand auf und ging zu Pepa. »Denn dafür habe ich doch meine beste Freundin!« Ich stupste sie in

die Seite und malte unter das Männchen ein Skateboard.

In Pepas Mundwinkel zuckte ein Lächeln.

Irgendwie wurde Pepa nicht so richtig warm mit Josi. Vielleicht lag es an Josis Faible für Mode und Frisuren? Keine Ahnung. Darüber würde ich mir ein anderes Mal Gedanken machen, denn inzwischen spürte ich schon ein nervöses Zucken in meinem Bauch.

Ich war richtig aufgeregt. Wenn alles gut lief, fragte mich Ben nachher vielleicht, ob wir uns mal zu einem Date treffen wollten.

Ben und Romy.

Das hörte sich schön an! Vielleicht würden uns die anderen *Bromy* nennen, und wir wären das hippeste Pärchen des Friedrichshainer Gymnasiums. Ben hatte bestimmt superweiche Lippen ...

»Hey, Romy! Hallo? Willst du jetzt mal sehen, was ich mitgebracht habe?«

»Äh, ja klar.« Ich schreckte auf, griff nach Pepas Rucksack und kippte ihn auf dem Bett aus. Ich hatte sie beauftragt, ihre coolsten Sportklamotten mitzubringen. Zum Vorschein kamen Trainingshosen, Tanktops, ein graues Sweatshirt und Vans. Außerdem ein Helm, Handschuhe und Knieschützer.

Pepas Auswahl war nicht besonders sexy. Da musste ich mir irgendetwas einfallen lassen.

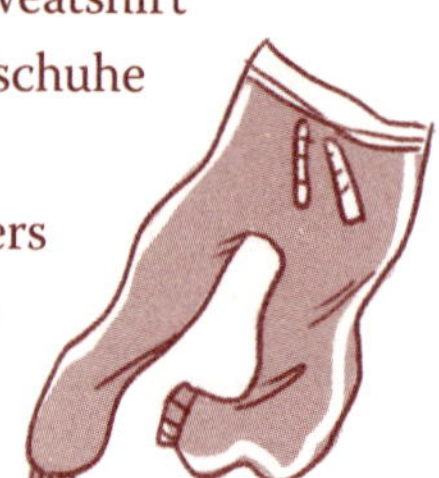

Wir setzten uns auf mein Bett und schwiegen eine ganze Weile. Dann fragte Pepa: »Meinst du wirklich, dass das heute klappt mit Ben?«

»Weiß nicht«, antwortete ich und kaute an meinem Fingernagel. »Ich hoffe so sehr, dass ich ihm nachher zeigen kann, dass wir außer Theater und Filmen noch total viele gemeinsame Interessen haben. Dann muss er mich doch gut finden, oder?«

»Keine Ahnung«, sagte Pepa.

Ich guckte aus dem Fenster. »Wenn ich dann in meinem coolen Outfit in der Bowl herumdüse und Bollies und so'n Zeug mache ...«

Pepa zog eine Augenbraue hoch. »Meinst du Ollies?«

»Ja, genau, die meine ich. Auf jeden Fall kann Ben dann gar nicht anders und muss mich toll finden.«

»Hmm...mh«, murmelte Pepa »Skaten ist aber gar nicht so einfach ...«

»Ach, das krieg ich schon hin«, sagte ich und verschränkte die Arme vor der Brust. Immer diese Pessimisten!

Es klingelte.

Das war bestimmt Josi, denn Greta konnte heute erst später. Sie musste mal wieder ihre zwei kleinen Schwestern betreuen, bis ihre Mutter von der Arbeit nach Hause kam. Ihr Vater war diese Woche bei seinen Eltern in Schweden. Ich fand es absolut überflüssig, dass Greta immer die Nanny spielen musste. Mit neun konnte man sich ja wohl schon eine Tiefkühlpizza in den Ofen schieben und allein seine Hausaufgaben machen.

Ich sprang auf. An der Tür drehte ich mich noch mal um und rief: »Du kannst schon mal Musik auflegen!«

Dann lief ich in den Flur. Hoffentlich konnte ich Josi abpassen, bevor sie in die Fänge meiner Mutter geriet.

Zu spät …

Mama stand schon an der Tür. Heute trug sie diesen merkwürdigen Kaftan, den sie von ihrer letzten Indienreise mitgebracht hatte. Er war türkis und erinnerte mich an ein Nachthemd. Echt peinlich, dass Josi meine Mutter in diesem Outfit zu Gesicht bekam.

»Ach, das ist aber schön!«, flötete Mama. »Eine neue Freundin. Hallo, ich bin Amelie!« Meine Mutter breitete die Arme aus und drückte Josi an ihre Brust. Die warf mir einen verwirrten Blick zu.

»Mama!«, rief ich genervt. »Kannst du Josi bitte loslassen? Wir haben echt keine Zeit für so was.«

Mama gab die zerknautschte Josi frei und guckte beleidigt. »Immer dieser Stress. Das ist sehr ungesund.«

Sie setzte ihr Therapeutenlächeln auf und fragte: »Welches Sternzeichen bist du denn, Liebes?«

»Äh … Zwilling«, stotterte Josi.

»Mmmh. Habe ich mir fast gedacht. Spürst du im Moment innere Blockaden? Bedrückt dich etwas?«

Josis Wangen färbten sich rosa, und sie begann zu zwinkern.

Jetzt reichte es aber!

»Beachte sie einfach nicht«, sagte ich und nahm Josi an der Hand.

In meinem Zimmer hatte sich Pepa an den Laptop gesetzt und meinen Süßigkeitenvorrat geplündert. Sie steckte sich gerade ein Schokobon in den Mund und mampfte: »Hi, Josi!«

»Hallo«, sagte Josi schüchtern und zupfte an ihrem Oberteil herum. Ich schloss die Tür hinter mir.

»Sorry für meine Mum. Sie ist ein bisschen verrückt.« Josi lächelte und guckte sich neugierig in meinem Zimmer um. Ihr Blick blieb an meinem Bett hängen.

»Sind das die Sportklamotten?«

Ich nickte und öffnete meinen Schrank. »Was hältst du von Hotpants mit Tanktop?« Ich sah Josi fragend an.

Die überlegte kurz. »Ich würde das eher mit einem geknoteten Shirt oder einem Karohemd kombinieren. Wo sind denn deine Ohrringe?«

Es machte total Spaß, mit Josi Outfits zusammenzustellen. Sie hatte voll Ahnung von Mode.

Pepa tat so, als ob sie sich für das alles nicht interessiere. Sie schaute sich irgendwelche Handballtabellen an und hörte Songs auf YouTube.

Als ich gerade das erste Outfit angezogen hatte, dröhnten E-Gitarren-Beats aus den Lautsprechern.

»Hey, ist das der neue Selma-Rocks-Song? Mach mal lauter!«

Ich lief auf Zehenspitzen in meinem Zimmer hin und her. Dabei machte ich Modelposen und sang laut mit:

Seventies und Boho-Chic
Wir lieben Jeans und Ethno-Strick
Beim Dresscode gibt es kein Tabu
Zeig deinen Style, sei einfach du

Selma Rocks war eine YouTuberin aus Berlin. *Die Mode lebt* war ihr erster Song und hatte schon richtig viele Klicks.

»Und?«, rief ich Josi zu.

Die schüttelte den Kopf. »Probier mal das hier.«

Ich schlüpfte in Skinny-Jeans und ein Crop-Top. Dazu die Vans und eine Sonnenbrille.

Das Leben ist ein Laufsteg
Das Leben ist ein Trend
Da gibt es keinen Ausweg
Die Fashionzündschnur brennt
Die Vogue ist unsre Bibel
Paris unser Planet
Chanel ist unsre Göttin
Der Styleguide das Gebet
Die Mode lebt

»Pepa, was meinst du?« Meine beste Freundin kniff die Augen zusammen und musterte mich von oben bis unten.

»Noch nicht skatermäßig genug.«

Josi wühlte in dem Klamottenhaufen auf meinem Bett. Dann hielt sie mir ein Tanktop mit der Aufschrift *Meow* vor den Oberkörper und stülpte eine Beanie auf meinen Kopf.

»Besser?«

»Viel besser!« Pepa zeigte zwei Daumen hoch.

Ich betrachtete mich im Spiegel.

Mann, sah ich abgefahren aus! Wie eine echte Skaterin. Ob das Outfit Ben gefallen würde? Zumindest war es schwarz-weiß.

»So, Skategirl!« Pepa stand auf und streckte sich. »Dann musst du ja jetzt nur noch skaten lernen …«

Das war dann leider doch gar nicht so einfach, wie ich gedacht hatte.

Wir hatten Greta und Bono von zu Hause abgeholt und waren dann mit der U-Bahn von der Warschauer Straße bis zum Gleisdreieck-Park gefahren. Der war auf einer ehemaligen Bahnanlage angelegt und momentan total angesagt. Man konnte sich hier super auf der Wiese sonnen, Beachvolleyball spielen und natürlich skaten.

Wir verzogen uns in eine ruhige Ecke, damit ich ungestört üben konnte. Jetzt stand ich vor diesem blöden Rollbrett und hatte weiche Knie.

»Also das Wichtigste ist natürlich das Board«, sagte Pepa. Ihre Laune war inzwischen deutlich besser.

Na klar – sie konnte ja über ihr Lieblingsthema Sport reden:

»Aha«, sagte ich. »Und jetzt?«

»Jetzt stellst du dich mit einem Fuß auf das Deck, dahin, wo die Schrauben sind. Die Schuhspitze muss zur Nose zeigen.«

Das war leicht.

»Und jetzt?«

»Jetzt mit dem anderen pushen.«

Ich schob mich mit dem linken Fuß an und rollte davon.

»Yeah – Pepa, guck mal. Ich skate!«

»Ja, aber du musst auch bremsen!« Pepa lief hinter mir her und stoppte mich gerade noch rechtzeitig, bevor ich im Gebüsch landete.

Das war jetzt nicht mehr so leicht.

»Sollte sie nicht Schutzkleidung tragen?«, fragte Greta.

Mist. Ich hatte gehofft, dass wir dieses Thema ausklammern könnten.

»Dann seh ich ja total doof aus«, murrte ich.

Bono machte zur Bestätigung: »Wuff!«

Greta gab ihm einen Hundekeks und schaute mich mit einem Blick an, den sie sich bestimmt von ihrer Mama abgeguckt hatte. »Was sieht doofer aus: Helm oder Gips?«

Pepa drückte mir ihren türkisfarbenen Sturzhelm und Knieschoner in die Hand. »Anziehen, sonst nehme ich dir das Skateboard weg!«

»Ach Mann, das ist fies ...! Josi, was meinst du?« Ich warf meiner neuen Freundin einen beschwörenden Blick zu.

Aber Josi knabberte auf ihrer Unterlippe herum und sagte: »Ich ... ich weiß nicht ...«

Super, sehr hilfreich. Mein ganzes Outfit war ruiniert.

Mit meiner türkisfarbenen Melone auf dem Kopf rollte ich über die asphaltierten Wege. Das klappte eigentlich ganz gut. Pepa fuhr auf ihrem Pennyboard hinterher und gab mir Anweisungen, was ich noch verbessern sollte.

Ich hörte nur mit einem Ohr hin, denn in der Ferne hatte ich Ben entdeckt. Er lehnte mit seinem Skateboard in der Hand an einem Baum.

Mein Herz trommelte gegen die Brust, und im Bauch hatte sich eine kribbelnde Kolonie Ameisen eingenistet.

Ich atmete tief durch.

Sollte ich ihm zuwinken? Oder eine lässige Hip-Hop-Geste machen? Nee, das war peinlich.

Ich würde zu ihm hinfahren und »Hi« sagen. Danach so etwas wie: »Heute schon die Bowl gecheckt?«

Mit dem Skaterslang konnte ich Ben bestimmt beeindrucken.

Ich wollte gerade starten, da sah ich ein Mädchen auf Ben zukommen.

Sie hatte schwarze Locken, und ich wusste genau, wer das war. Lorena!

Grrr – war ja klar, dass DIE mir wieder dazwischenfunken musste. Offensichtlich hatte Lorena es sich zur Aufgabe gemacht, mir mein Leben nun auch außerhalb der Schule zu vermiesen. Schlimm genug, dass Frau Witko-Bock angedeutet hatte, dass ich mich mit Lorena demnächst mal zusammensetzen und den Text lernen solle. Die hatte doch nicht mehr alle Latten am Zaun. Das konnte sie so was von vergessen!

Jetzt sagte Ben irgendetwas zu Lorena. Die warf ihre Haare in den Nacken und lachte. Warum musste sie verdammt noch mal so gut aussehen? Lorena deutete in die entgegengesetzte Richtung. Dann legte sie kurz ihre Hand auf Bens Schulter, und die beiden gingen davon.

Nein, diesmal ließ ich mir nicht von Lorena die Tour vermasseln!

Ich war Skategirl, und ich sah verdammt gut aus!

Entschlossen öffnete ich den Helm und machte die Knieschoner ab. Ich warf beides in die Wiese und rollte los.

»Romy, was machst du denn?«, schrie Pepa, aber es war mir egal. Meine Haare wehten im Wind, das Board vibrierte unter meinen Füßen – ich fühlte mich unschlagbar.

Allerdings nur so lange, bis ich feststellte, dass das mit dem Bremsen immer noch nicht richtig klappte.

Ich traute mich nicht, den Fuß vom Skateboard zu nehmen, also fuhr ich weiter. Mein Herz schlug mir bis zum Hals. Die Skateanlage kam immer näher. Ich sah Raffa und Nick mit ihren Boards am Rand der Bowl stehen. Ich rollte direkt auf sie zu.

Hinter mir hörte ich Greta schreien: »Brems! Romy, du musst bremsen!«

Ich kniff meine Augen zusammen. Wenn ich gleich in die Bowl stürzen würde, wollte ich es wenigstens nicht mit ansehen.

In Gedanken hörte ich schon das Krachen meines Kopfes auf dem Beton.

Bevor es so weit kam, riss mich jemand vom Board, und ich landete überraschend weich auf dem Rasen.

Ich öffnete meine Augen. Direkt neben mir lag Raffa. Sein Gesicht war nur wenige Zentimeter von meinem entfernt.

Ich kannte Pepas Familie nun schon seit der ersten Klasse, aber so nah war ich ihrem Bruder bisher noch nie gekommen. Er roch gut.

War das Waschmittel, oder benutzte er Parfum?

Mit schmerzverzerrtem Gesicht lächelte ich Raffa an und flüsterte: »Danke. Ich glaube, du hast mir gerade das Leben gerettet.«

Er lächelte zurück. »Schon okay. Kannst du auftreten?«

»Mensch, Romy! Was sollte denn das?«

»Du bist voll lebensmüde!«

»Hast du dir wehgetan?«

Greta, Pepa und Josi waren bei mir angekommen und musterten mich mit besorgten Mienen.

»Nichts passiert«, sagte ich und versuchte aufzustehen. Mein Bein tat weh. Ich guckte an mir hinunter. Die Hose war zerrissen und mein Knie leicht aufgeschürft.

Ein Hoch auf Knieschoner!

»Romy, du bist echt das verrückteste Mädchen, das ich kenne.« Raffa reichte mir die Hand, und ich humpelte zur nächsten Bank. »Wolltest du so in der Bowl skaten, ohne Helm?«

Jetzt hatte er wohl in den Großer-Bruder-Modus geschaltet.

»Nee, wollte ich nicht. Hab den Helm verloren.«

»Lass mal dein Bein sehen!« Raffa betastete meinen Knöchel. »Tut das weh?«

»Nein. Alles gut. Ist nur eine Schürfwunde.« Ich schob Raffa zur Seite und schaute mich um. Von Ben und Lorena war nichts mehr zu sehn.

Wenigstens hatten die beiden meine peinliche Aktion nicht mitbekommen. Das war schon mal etwas. Ich wollte nur noch eines, und zwar nach Hause.

Nick kam auf uns zu. Er grinste. »Ich glaube, du brauchst dringend mal Skateunterricht.«

Pepa sah ihn skeptisch an. »Romy sollte das mit dem Skaten in nächster Zeit lieber lassen.«

»Ach, wenn wir das zusammen übernehmen, klappt es bestimmt«, lachte Nick und zwinkerte Pepa zu.

Ich strafte die beiden mit einem finsteren Blick.

»Danke. Ihr könnt euch 'nen anderen Schüler suchen. Ich hab jetzt erst mal die Nase voll!«

Ich tupfte mit einem Taschentuch das Blut von meinem Knie.

Warum ging immer alles schief? Nie konnte etwas so laufen, wie ich es mir vorgenommen hatte.

Lorena durfte den Nachmittag mit Ben verbringen, und ich bekam mit Sicherheit eine Narbe, die mich für immer an diesen schrecklichen Tag erinnern würde.

Blödes Karma!

Bono machte »Wuff« und schlabberte mir das Gesicht ab. Ich drückte meine Nase in sein Fell. Wenigstens einer, der mich lieb hatte.

KAPITEL 6

»Romy! Jetzt steh endlich auf! Es ist schon halb zwölf!« Mama steckte ihren Kopf durch die Zimmertür und grinste fröhlich.

Ich zog die Decke über meine Ohren und vergrub mein Gesicht im weichen Kissen. War mir doch egal, wie spät es war. Mama konnte gern draußen in der Sonne herumhüpfen, Spaß haben und glücklich sein, aber ich wollte in meinem Bett bleiben und mich voll und ganz meinem 3-D-Tag hingeben: **D**epri, **D**unkel, **D**own!

Dazu gehörte:

- eine große Tüte Schokobons (zumindest das, was Pepa gestern übrig gelassen hatte)
- Gretas Playlist bei akutem Liebeskummer
- jede Menge Ben-Tagträume
- Trostkuscheln mit Mr Pig
- die komplette Wochenwiederholung von *Sterne über Berlin*

Die Folge, die ich gerade anguckte, passte perfekt zu meiner Stimmung, denn Clara hatte auch schrecklichen Liebeskummer. Timo Winter nahm jetzt Tanzstunden bei ihr, weil er Sofia damit überraschen wollte. Das war natürlich superhart für Clara. Jedes Mal, wenn Timo sie mit seinen türkisblauen Augen anstrahlte, wollte sie ihm sagen, was sie für ihn fühlte, aber das konnte sie ihrer besten Freundin einfach nicht antun.

Arme Clara! Ihr ging es bestimmt genauso schlecht wie mir. Nächste Woche war wieder Theater-AG. Dann durfte ich dabei zugucken, wie Ben und Lorena herumturtelten, und ich würde blöd danebenstehen. Dank Frau Witko-Bock hatte ich ja noch nicht mal eine richtige Rolle im Stück. Wie oft kam es bitte vor, dass der Hauptdarsteller krank wurde? Außerdem würde sich Lorena mit Sicherheit trotz Gehirnerschütterung und mit gebrochenem Bein auf die Bühne schleppen.

Liebeskummer-Playlist

Zara Larsson – Never forget you
Adele – Someone like you
Gnash – I hate u, I love u
Damien Rice – The Blowers Daughter
Alan Walker – Faded
Selena Gomez – the Heart wants what it wants

Ich klappte den Laptop zu und starrte an meine Fotowand. Ein schmaler Lichtstreifen, der durch die Vorhänge fiel, erhellte genau ein Foto: Pepa und Greta im Bikini. Das Bild hatte ich letzten Sommer auf dem Arena-Badeschiff gemacht. Eigentlich war es nicht besonders gelungen – Greta schielte, und Pepa hielt sich die Hand vors Gesicht, aber für mich war es trotzdem das schönste Foto der Welt. Ganz hinten am rechten Rand bei der Strandbar stand Ben und lächelte. Ich küsste meinen Zeigefinger und presste ihn gegen das Foto.

Ich hatte mir schon so oft vorgestellt, wie es wäre, wenn wir zusammenkämen. Mein Lieblingsszenario war:

Ben und ich im Mondschein

Ich bin mit meinen Freundinnen auf einer coolen Party. Wir tanzen und lachen, und plötzlich kommt Ben auf uns zu.

»Romy, ich muss mal mit dir reden.« Ich gucke ihn erstaunt an.

»Ja?«

»Nicht hier. Wollen wir ein Stück gehen?« Ich schlendere mit Ben über eine Wiese. Die Sterne funkeln am Himmel, und der Mond taucht die Nacht in ein geheimnisvolles Licht.

»Also … es gibt da etwas, was ich dir schon lange sagen will.« Er nimmt meine Hand.

»Ich … ich habe mich in dich verliebt.« Er streicht mir über die Wange.

»Ben …«

»Bitte, lass mich ausreden. Du bist für mich das schönste Mädchen der Welt, und ich habe wirklich versucht, nicht mehr an dich zu denken, aber es geht nicht.« Er zieht mich zu sich heran. Ich kann seinen Herzschlag spüren. Unsere Lippen sind nur noch wenige Zentimeter voneinander entfernt, und dann flüstert er …

»Jetzt ist aber Schluss mit Rumgammeln!« Mama kam in mein Zimmer und riss die Vorhänge auf. Das grelle Licht blendete mich.

»Mann … es ist Wochenende, da kann ich ja wohl rumgammeln, so lange ich will!« Diese Frau hatte offensichtlich noch nie etwas von Privatsphäre gehört.

Mama setzte sich an mein Bett. »Um zwölf kommt ein Patient zum Klangyoga, und ich muss kurz rüber in den Späti. Kannst du die Tür aufmachen, wenn ich noch nicht zurück bin?«

Ich brummte: »Hmpf.«

»Super! Dauert auch nicht lange!« Mama drückte mir einen Kuss auf die Stirn und ging aus meinem Zimmer.

»Ich hab nicht Ja gesagt!«, schrie ich ihr hinterher.

»Weiß ich«, rief Mama, und dann fiel die Wohnungstür ins Schloss.

Ich kuschelte mich in meine Kissen zurück und versuchte, die Ben-Szene weiterzuträumen, aber der romantische Moment war vorbei. Na toll, und jetzt grummelte auch noch mein Magen.

Ich schwang mich aus meinem Bett und schlurfte in die Küche. Mama hatte mir einen grünen Smoothie auf den Tisch gestellt. Ingwer und Erbsen. Bääh! Dann lieber O-Saft. Ich hatte genau einen Schluck getrunken, da klingelte es.

Mit meinem Glas in der Hand ging ich zum Türöffner und wartete auf Mamas

Patienten. Bestimmt so ein weichgespülter Esoterik-Freak. Die waren immer besonders pünktlich. Ich hörte Schritte auf der Treppe. Ein Mann mit Bart, Ray-Ban-Sonnenbrille und Flanellhemd kam um die Ecke.

Okay, ein Hipster. Die waren genauso schlimm.

»Hi«, sagte ich gelangweilt. »Meine Mum kommt gleich. Kannst hier warten.« Ich deutete auf die Tür zu Mamas Praxisraum.

Der Hipster lächelte und nahm seine Sonnenbrille ab. »Danke!«

Ich wollte mich gerade umdrehen, da stutzte ich. Irgendetwas an dem Typen kam mir bekannt vor. Nur was?

Ich musterte ihn genauer.

Es waren die Augen! Türkisblau mit langen Wimpern. Nur einer hatte solche Augen, aber das konnte nicht sein.

Allerdings, wenn man sich den Bart wegdachte und ihn in einen Anzug steckte … vielleicht doch?

»Bist du … bist du Timo Winter?«, fragte ich.

Der Typ grinste. »Also eigentlich heiße ich ja Boris.«

»Ja, schon …« Mein Herz klopfte plötzlich in Marathongeschwindigkeit. »… aber du spielst Timo Winter bei *Sterne über Berlin*, oder?«

Er nickte.

Das war nicht zu fassen.

Vor MIR stand Timo Winter.

Hier in UNSERER Wohnung!

Mist, und genau heute trug ich meinen uralten Hello-Kitty-Schlafanzug. Schnell verschränkte ich die Arme vor der Brust und lächelte nervös.

Oh, Mann, ich war so aufgeregt! Noch nie in meinem Leben war ich einem Star so nahe gekommen.

So, Romy: cool und souverän bleiben!

Ich strich meine Haare aus der Stirn. »Du, darf ich dich mal etwas fragen?«

»Na klar. Willst du ein Autogramm?«

»Nein. Also doch, aber ich würde gern wissen, wie man als Schauspieler lernt, richtig zu weinen. Das klappt bei mir immer nicht.«

Timo Winter schaute mich interessiert an. »Bist du auch Schauspielerin?«

Ich straffte meine Schultern. »Bisher nur in der Theater-AG, aber irgendwann gehe ich nach Hollywood!«

Er lachte. »Auf jeden Fall hast du ein gesundes Selbstbewusstsein. Das ist schon mal ein guter Anfang für deine Schauspielkarriere. Also zum Weinen: Ich mache das immer so, dass ich an etwas sehr, sehr Trauriges denke. Du musst es als Schauspieler schaffen, deine Emotionen abzurufen.«

Ich überlegte. Wann war ich besonders traurig gewesen?

Als mein Zwergkaninchen Lotta gestorben war, weil es das Fernsehkabel durchgebissen hatte. Und letztes Jahr, als Papa nicht zu meinem Geburtstag kommen konnte. Ach ja, und natürlich, als ich erfahren hatte, dass ich nicht die Julia spielen durfte.

Ich wartete auf den Tränenwasserfall, der gleich aus meinen Augen heraussprudeln würde, aber nichts passierte. Das mit den

Emotionen schien bei mir nicht richtig zu funktionieren. Wegen diesen Sachen konnte ich nur allein in meinem Zimmer traurig sein.

»Gibt's noch etwas anderes?«

»Natürlich kann man auch den Zwiebeltrick anwenden.« Er zwinkerte mir zu. »Aber das ist dann irgendwie gemogelt.«

»Stimmt«, sagte ich.

»Noch mehr Fragen?«

Ich guckte zur Tür. Gleich würde Mama heimkommen, und wenn Timo Winter dann merkte, wie bescheuert Klangyoga war, kam er bestimmt nie wieder.

»Wie schafft man es, entdeckt zu werden?«, platzte es aus mir heraus.

Timo Winter setzte sich auf die kleine Truhe im Flur und überlegte.

»Also, ich würde sagen, das Wichtigste ist eine solide Schauspielausbildung. Wenn du richtig gut bist, sind die Chancen viel größer, dass du tolle Rollen bekommst. Und dann musst du zu Castings gehen. So hat's auch bei mir mit *Sterne über Berlin* geklappt. Warst du schon einmal bei einem Filmcasting?«

Ich schüttelte den Kopf.

Timo Winter musterte mich. »Also … die Info geht eigentlich erst am Montag raus, aber wenn du mir versprichst, es nicht gleich auf Facebook zu posten, verrate ich's dir jetzt schon.«

Ich riss meine Augen auf und nickte.

Mein Facebook-Profil konnte schweigen wie ein Grab.

Tipps für einen unvergesslichen Sleepover

hihi

richtig peinliche PYJAMAS anziehen

Romy

Zum perfekten Mädelsabend gehören natürlich geniale Filme mit viel Herzschmerz, Pizza, Chips, Popcorn und jede Menge Gummibärchen. Zückt eure Taschentücher – es darf geheult werden!

die ganze Nacht über Jungs quatschen

SELFIES!!

GRETA

Für die richtige Stimmung braucht ihr auf jeden Fall coole Musik. Am besten stellst du schon vorher eine Playlist mit deinen Lieblingssongs zusammen.

tanzen~

PEPA

Partyspiele sind ein Muss: Flaschendrehen, Wer bin ich?, Black Storys, Acitivity … Mein Favorit: Singstar auf der Playstation!

Geheimnisse erzählen …

Josi

Ich finde es toll, wenn man beim Sleepover eine Beautysession einlegt. Gesichtsmaske, Haarkur und Maniküre und dabei den ganzen Abend quatschen.

Youtube-Videos gucken

»Und was hat er noch gesagt?« Josi griff in die Chipstüte und guckte mich erwartungsvoll an. Sie hatte ihre rotblonden Haare zu einem Zopf geflochten, der um ihren Kopf geschlungen war.

Zu Ehren Timo Winters und meines Hello-Kitty-Schlafanzugs hatte ich eine Sleepover-Party einberufen.

Mama war mit ihren Freundinnen zum Essen verabredet. Deswegen hatte ich sturmfreie Bude.

Ich senkte meine Stimme. »Also, das ist jetzt topsecret.« Pepa und Greta, die auf meinem Bett saßen, rückten noch ein Stück näher an mich heran.

»In zwei Wochen gibt es ein großes Casting von *Sterne über Berlin* in den Babelsberger Filmstudios. Die suchen vor allem Komparsen und Nebendarsteller. Aber …« Ich machte eine bedeutungsschwere Pause. »… Timo Winter hat gesagt, ich kann ihm schon vorher ein Bewerbungsvideo schicken, und wenn es der Jury gefällt, bekomme ich vielleicht eine Rolle.«

»Wahnsinn! Das ist echt der Hammer!«, rief Greta.

»Finde ich auch«, sagte Josi.

»Da wird Lorena aber doof gucken!« Pepa grinste.

»Klar. Sie spielt die popelige Julia, und ich komme jeden Tag im Fernsehen!«

»Mann, Romy, jetzt wirst du ein richtiger Filmstar!« Greta lachte.

»Yeah!« Ich sprang auf meinem Bett herum. »Aber erstmal muss ich ein supercooles Video drehen!«

Ich ließ mich in die Kissen fallen. »Was machen wir denn heute Abend?«

»*Singstar* spielen!«, rief Pepa.

»Ach nö. Keinen Bock«, sagte Greta.

»Warum denn nicht?« Pepa verschränkte die Arme vor der Brust.

»Weil ...«

Es klingelte.

»Ist bestimmt die Pizza. Ich mach schnell auf.« Greta lief zur Tür. Bono hinter ihr her.

»Nie macht sie bei *Singstar* mit«, maulte Pepa.

Das war echt seltsam mit Greta. Sie konnte eigentlich richtig toll singen und kannte bestimmt alle Songtexte auswendig, aber trotzdem wollte sie nie mitspielen.

Greta kam mit unserer Jumbopizza zurück.

Ich warf Pepa einen beschwichtigenden Blick zu. Heute hatte ich echt keine Lust auf Streit.

»Und, war wieder der süße Pizzabote da?«, fragte ich deshalb.

»Mensch, Romy ...« Greta zuckte mit den Schultern. »Ich wollte Pizza von ihm. Kein Fotoshooting.« Sie öffnete den Karton und legte ihn auf mein Bett.

»Ich dachte, du bist in Ben verliebt«, sagte Josi und biss von einer Gemüseecke ab.

»Ja, schon.« Ich schnappte mir ein Stück mit Salami und Pilzen. »Aber deswegen kann ich doch trotzdem andere Jungs gut finden.«

Wir aßen eine Weile schweigend unsere Pizza, dann fragte Greta: »Was willst du eigentlich wegen Ben machen? Skaten kommt ja wohl nicht mehr infrage?«

Ich schüttelte den Kopf.

»Was sagt denn dein Horoskop?« fragte Josi.

»Spinnst du?«, fuhr Pepa sie an. »Was da drinsteht, ist ja wohl totaler Schrott.«

Josi guckte auf den Boden und stammelte: »Ich dachte ja nur … weil Romys Mutter davon gesprochen hat.«

Ich warf Bono einen Champignon vor die Pfoten und überlegte. »Hey, die Idee ist gar nicht so schlecht!«

»Echt?« Josi sah richtig erleichtert aus.

»Ja! Aber wir machen noch was Cooleres als Horoskope.«

»Und was?« Pepa runzelte die Stirn.

»Wir befragen das Liebesorakel!«

»Was soll denn das sein?« Greta verzog ihre Mundwinkel zu einem spöttischen Lächeln.

»Ein Blick in meine Zukunft mit Ben. Das Liebesorakel wird mir sagen, wie ich ihn für mich gewinnen kann.«

»Aha, und woher soll dein Liebesorakel das wissen? Hört sich für mich nach Schwachsinn an!«, sagte Greta und trommelte mit ihren schwarz lackierten Fingernägeln den Takt von *Ex's & Oh's* auf dem Pizzakarton mit.

»Gar kein Schwachsinn«, antwortete ich. »Das funktioniert wirklich. Und wenn mir das Liebesorakel geholfen hat, bist du dran. Vielleicht wartet dein Traumprinz schon an der nächsten Ecke!«

Greta machte »Pff« und warf mir ein Kissen an den Kopf.

Das Liebesorakel war ein Brett mit Buchstaben und Zahlen darauf.

Ich hatte es mal beim Stöbern in Mamas altem Schrank gefunden und sie daraufhin gefragt, ob das noch aus ihrer

Grundschulzeit stammte. Mama hatte laut aufgelacht und gesagt, dass man damit nicht lesen lernen, sondern die Zukunft befragen könne. Sie hatte mir auch erklärt, wie das funktionierte, aber das war schon eine Weile her, und ich konnte mich, ehrlich gesagt, nicht mehr so gut erinnern. Man musste, glaube ich, einen Gegenstand auf das Brett legen und dann eine Frage an das Liebesorakel stellen. Wenn das Orakel eine Antwort wusste, bewegte sich der Gegenstand zu den Buchstaben, die dann ein Wort bilden sollten.

Das würden wir schon hinkriegen.

Wir gingen in Mamas Praxisraum. Die Atmosphäre hier war genau richtig: mystisch und ein bisschen unheimlich.

Ich zündete Kerzen an und legte das Brett auf den Boden.

»Jetzt müssen wir uns im Kreis um das Liebesorakel herum setzen und uns an den Händen fassen.« Das machte Mama immer in ihren Meditationsgruppen, dann konnte es hier auch nicht schaden.

»Muss das sein?«, maulte Pepa.

»Ja«, sagte ich streng. »Und jetzt bitte absolute Ruhe!«

Pepa seufzte und reichte Josi und Greta ihre Hände.

Ich schloss meine Augen und überlegte, was man zu einem Liebesorakel sagen sollte. Das hatte mir Mama nicht mitgeteilt.

Egal, ich würde improvisieren. Darin war ich seit dem Vorsprechen in der Theater-AG ein Profi.

Ich holte tief Luft und rief dann mit bebender Stimme: »Wächter der Liebe. Wir rufen dich!«

Pepa kicherte.

»Psst«, sagte ich. »Du unterbrichst die Verbindung.«

»Wächter der Liebe«, rief ich noch mal. »Bist du da?«

Wir starrten auf das Brett. Dort hatte ich einen Bergkristall in die Mitte gelegt.

»Macht man das nicht normalerweise mit einem Glas, auf das alle ihre Finger legen?«, fragte Greta. »Wie soll sich denn der schwere Stein von allein bewegen?«

In meinem Hinterkopf leuchtete ein rotes Lämpchen auf. Mama hatte tatsächlich ein Glas erwähnt, aber ich wollte das jetzt nicht mehr unterbrechen. Gläser bestanden ja quasi auch aus Kristall.

»Das macht doch der Geist«, antwortete ich und versuchte, so zu klingen, als ob ich voll Ahnung hätte.

Greta guckte immer noch skeptisch: »Ein Geist ist aber aus Luft, der kann nichts …«

»Da, es hat sich bewegt!«, kreischte Josi.

Ich starrte gebannt auf das Brett und versuchte zu erkennen, zu welchem Buchstaben sich der Stein hinbewegt hatte. Hm, sah nach T aus. In meinem Gehirn begann das Brainstormingprogramm loszurattern:

Tiger, Tofu, Tank-Top, Tamburin – Tanzen!

»Ich weiß, was das Liebesorakel uns sagen will! Es hat bestimmt etwas mit *Sterne über Berlin* zu tun!«, rief ich.

»Mann, Romy, das war doch ich mit meinem Fuß.« Pepa seufzte genervt. »Sind wir bald fertig? Auf dem Boden herumzuhocken ist ganz schön unbequem.«

»Der Geist hat vielleicht einen langen Anflugweg«, überlegte ich. »So, jetzt noch einmal volle Konzentration!« Das musste doch klappen.

»Wir rufen dich, Wächter der Liebe. Gib uns ein Zeichen, wenn du anwesend bist!«

Ich spürte einen kalten Luftzug an meiner Wange. Die Kerzen flackerten.

»Habt ihr das auch gesehen?« Josis Stimme zitterte.

Greta nickte. Sogar Pepa war ein bisschen blass geworden.

Eine Gänsehaut kroch über meine Arme. Wenn da nun wirklich ein Liebesgeist im Zimmer war, musste ich irgendetwas zu ihm sagen.

»Hallo, äh … Liebesorakel! Hier ist Romy.« Ich räusperte mich. »Du weißt ja bestimmt, dass ich in Ben verliebt bin. Wie schaffe ich es, dass ich mit ihm zusammenkomme?«

Ich fixierte den Bergkristall auf dem Brett. Hatte er sich gerade bewegt, oder bildete ich mir das nur ein?

Rumms!

Im Flur war irgendetwas mit einem lauten Poltern umgefallen.

»Ist deine Mutter nach Hause gekommen?«, flüsterte Pepa.

»Mama?« Keine Antwort.

Ich schüttelte den Kopf. Ein kalter Schauer lief meinen Rücken hinunter. Wenn es nicht meine Mutter war – wer dann?!

»Die Tür hat sich bewegt«, flüsterte Greta.

Ich spürte wieder diesen Windhauch. Panik machte sich in mir breit. Wenn ich nun tatsächlich einen Geist heraufbeschworen hatte?

»Ganz ruhig bleiben.« Meine Stimme zitterte. »Wir haben bestimmt irgendwo ein Fenster ...«

Die Tür wurde aufgestoßen. Josi und ich schrien, Pepa sprang auf und griff nach Mamas Buddhastatue, die sie wie eine Waffe in der Luft herumschwang.

Nur Greta lachte. »Mann, Leute. Das ist Bono! Komm her, Großer. Haben dich die Mädels erschreckt?« Bono setzte sich hechelnd neben Greta und schleckte ihr über die Hand. Pepa stellte den Buddha ins Regal zurück und kaute auf ihrer Unterlippe herum. Bestimmt war es ihr peinlich, dass sie sich gegruselt hatte.

»Na, das war doch mal echt witzig.« Greta grinste breit. »Mal schauen, ob uns der Wächter der Liebe noch

etwas von der Pizza übrig gelassen hat. Komm, Bono!« Greta stand auf und ging mit Pepa aus dem Zimmer.

Josi half mir, die Kerzen auszupusten.

»Guck mal. Was ist das denn?« Josi deutete auf den Boden. Direkt neben dem Brett lag etwas Buntes. Ich hob es auf. Das war eine von Mamas Tarotkarten. Darauf war eine Wolke abgebildet, die einen Stab in der Hand hielt. Darunter stand: *Ass der Stäbe.*

»Lag die da schon vorher?« Ich runzelte die Stirn.

»Weiß nicht.« Josi zuckte mit den Schultern. »Vielleicht ist sie heruntergefallen, als Bono hereinkam?«

Ich guckte mich um. Die Tarotkarten lagen auf Mamas Schreibtisch am anderen Ende des Raums.

»Hm ... vielleicht«, sagte ich nachdenklich. »Aber es könnte ja auch sein ...« Ich ging zum Bücherregal und zog *Tarot für Einsteiger* heraus.

»Meinst du, das hat etwas mit dem Liebesorakel zu tun?« Josi kam zu mir und beugte sich neugierig über das Buch.

»Werden wir gleich sehen!« Ich blätterte die Seite mit dem Ass der Stäbe auf.

»Eine unerwartete Chance ist zum Greifen nah«, las ich vor. »Zeigen Sie Risikobereitschaft, und lassen Sie sich auf etwas Neues ein.«

»Hm.« Ich ließ das Buch sinken. »Was soll denn das für eine Chance sein?«

»Keine Ahnung«, sagte Josi. »Vielleicht dein Treffen mit Timo Winter?«

Ich schüttelte den Kopf. »Nee, das ist ja schon passiert!«

»Kommt ihr jetzt mal?«, rief Greta vom Flur aus. »Wir wollen *Die Bestimmung* gucken!«

Ich ließ die Tarotkarte schnell in der Tasche meiner Pyjamahose verschwinden.

»Nichts verraten«, flüsterte ich Josi zu. »Pepa und Greta halten mich sowieso schon für komplett verrückt. Das bleibt unser Geheimnis, okay?«

Josi nickte verschwörerisch und pustete die letzte Kerze aus.

KAPITEL 7

»Pepa ist zuerst eingeschlafen.«

»Stimmt ja gar nicht, das war Josi.«

»Ich hab sogar das Ende von Teil zwei gesehen!«

Wir saßen beim Frühstück auf meinem kleinen Balkon. Für März war es richtig warm, und ich hatte große Hoffnung, dass ich vielleicht ein bisschen braun werden würde.

»Ist doch egal.« Ich ließ einen Löffel Honig auf mein Sesambrötchen tropfen. »Beim nächsten Sleepover fangen wir früher an und gucken alle Teile auf einmal.«

Ich leckte den Honig von meinen Fingern. »Wer hat Lust, mir später bei dem Videodreh für Timo Winter zu helfen?«

»Kann nicht«, sagte Greta. »Soll mit den Zwillingen ins Hallenbad gehen. Immer muss ich den Babysitter für Lina und Lilly spielen. Seit Mama den neuen Job im Jugendzentrum hat, ist sie fast gar nicht mehr zu Hause, und Papa arbeitet ständig an seinem Roman. Echt nervig.«

»Bei mir geht's leider auch nicht«, meinte Pepa. »Heute kommt ein wichtiges Tennismatch im Fernsehen. Das wollen Raffa, Papa und ich anschauen.«

Na toll!

»Und du?« Ich guckte zu Josi.

»Also, ich hätte schon Zeit.« Josi lächelte verlegen.

»Cool.« Ich biss von meinem Brötchen ab. »Dann komme ich um drei zu dir. Wollte sowieso mal deinen Kleiderschrank abchecken! Du hast bestimmt Wahnsinnsklamotten!«

»Ja, äh. Also eigentlich ...«

»Super!« Ich grinste. »Das wird mega!«

Greta stand auf. »Okay, Leute. Ich muss dann mal los. Schreib mir, wie's gelaufen ist.« Sie umarmte mich und schnalzte mit der Zunge. »Komm, Bono! Ab nach Hause!«

»Ich muss jetzt auch gehen.« Josi nahm ihre Tasche. »Wir sehen uns später.«

»Ciao, Mädels!« Ich winkte den beiden nach. Dann lehnte ich mich zurück und schloss die Augen. Die kribbelige Wärme der Sonnenstrahlen kitzelte meine Nase. Ich freute mich schon auf den Sommer. Endlich wieder am Badeschiff abhängen, Picknicks am Boxi, Open-Air-Kino mit Mama und vielleicht Eisessen mit Ben ...

»Du, Romy«, sagte Pepa.

»Mmmh.«

»Ich muss dir noch etwas sagen.«

»Hm?«

»Meine Mutter hat uns für den *Sterne über Berlin*-Tanzkurs angemeldet.«

Ich schob meine Sonnenbrille ein Stück hinunter und guckte Pepa verblüfft an. »Wirklich? Wie hat sie denn das geschafft?«

»Na ja, die Tanzlehrerin ist eine Freundin aus Mamas südamerikanischem Karnevalsclub.« Pepa rührte verlegen in ihrem Kakao herum. »Meine Mama muss sie ganz schön belagert haben, damit sie für uns eine Ausnahme macht und noch zwei weitere Teilnehmer aufnimmt.«

»Das ist doch super!«, rief ich. »Deine Mama ist richtig toll!«

»Ich will da aber nicht hin«, brummte Pepa. »Du weißt doch ganz genau, dass ich dieses Rumgehopse nicht ausstehen kann. Das ist einfach nur peinlich.« Pepas Stimme war laut geworden, und sie sah ein bisschen verzweifelt aus.

»Ach, komm«, versuchte ich sie aufzumuntern. »Die machen bei *Sterne über Berlin* echt hammermäßige Choreos. Dann können wir immer zusammen üben. Das wird bestimmt total lustig.«

Pepa machte »Hmpf« und warf mir einen finsteren Blick zu.

Dann guckte sie auf mein Smartphone.

»Es ist schon voll spät. Ich muss jetzt auch nach Hause.« Pepa warf mir das Handy zu. »Hier, du hast 'ne Nachricht bekommen. Wir sehen uns morgen.«

Ich goss mir noch ein Glas O-Saft ein und tippte das Nachrichtensymbol auf meinem Display an. Nick hatte mir geschrieben. Was wollte der denn?

Nick: Hi, Romy! Na, wie geht's dem Knie? Wollen wir uns demnächst mal zum Skateunterricht treffen? Pepa und ich könnten dir 'ne Menge beibringen.☺

War das eine Flirt-SMS?! Oder was sollte der Quatsch mit dem Skateunterricht? Er hatte ja wohl selbst gesehen, dass Skateboards und ich null kompatibel waren.

Ich tippte: **Sorry, du bist nicht mein Typ, und Skaten hasse ich auch.**

Nein. Löschen. Das konnte man ja wirklich nicht schreiben.

Romy: Dem Knie geht's gut, aber Skaten ist mir zu gefährlich.

Nick: Gefährlich?

Romy: Aber so was von!

Nick: Schade. Dann eben nicht.

Ich legte mein Handy auf den Tisch. Warum schrieb mir Ben nie? Die einzige Nachricht, die ich jemals von ihm bekommen hatte, lautete: **Theater-AG fällt heute aus!** Sehr romantisch.

Auf ein Date mit Nick konnte ich echt verzichten. Was würde denn Ben denken, wenn ich plötzlich mit seinem besten Freund unterwegs war!

MOMENT …

Romy Shiva Westing. Du bist genial!

Was wollte man immer haben?

Alles, was die anderen hatten.

Wen fand man immer besonders interessant?

Jeden, den man nicht haben konnte.

Wenn ich mich öfter mit Nick traf, würde Ben sehen, dass andere Jungs auf mich standen. Außerdem konnte ich dann in seiner Nähe sein. Ich trommelte mit meinen Fingern auf den Tisch. Ein bisschen fies war das ja schon, oder? Vielleicht fand mich Nick ja wirklich gut?

Ach, wenn schon … Er war ein Sprücheklopfer und hatte damit bestimmt schon vielen Mädchen den Kopf verdreht. Der würde das schon verkraften.

Ich trank meinen O-Saft in einem Zug leer. Es war ja nur eine harmlose Verabredung. Ich schrieb zurück:

Romy: Wenn du Lust hast, könnten wir ja mal was nicht ganz so Gefährliches zusammen machen.

Nick: Okay. Was denn?

Romy: Am Gleisdreieck abhängen und 'ne Cola trinken?

Nick: Hört sich gut an. Bin dabei!

Romy: Cool. Dann sehen wir uns morgen in der Schule.

Ich legte mein Smartphone auf das Fensterbrett und streckte meine Beine zufrieden auf dem Tisch aus. Die Sache war geritzt.

Josi wohnte nur vier Straßen weiter. Auf dem Weg zu ihrem Haus kam ich an dem zukünftigen Friseursalon vorbei. Die Schaufenster in der Ladenzeile waren mit Zeitungspapier zugeklebt. Josi hatte erzählt, dass man dort noch richtig viel renovieren musste. Ich guckte durch einen schmalen Riss in der Zeitung. Von den Wänden bröckelte der Putz, die Fließen am Boden waren gesprungen, in den Ecken standen alte Kartons. Kaum vorstellbar, dass ich hier schon bald unter einer Trockenhaube mit brandneuen Strähnchen sitzen würde.

Durch eine hintere Tür kamen ein Mann und eine Frau in den Salon. Sie hatten einen Meterstab dabei. Das mussten Josis Eltern sein. Sie sahen nett aus. Richtig normal. Also, im Gegensatz zu meiner Mama. Bestimmt kochte Josis Mutter niemals Rote-Bete-Eintopf oder zündete Räucherstäbchen an.

Ich ging weiter und klingelte an Josis Haustür. Der Summer brummte, und ich drückte die Tür auf.

»Hi«, rief ich, als ich im zweiten Stock ankam.

»Hallo, Romy.« Josi trug ein dunkelrotes Kleid mit Paisleymuster und hatte eine komplizierte Flechtfrisur.

»Meinst du, deine Mama kann mir auch mal die Haare machen?«, fragte ich.

»Bestimmt.« Josi lächelte. »Komm, wir gehen in mein Zimmer.«

Josis Zimmer war der Hammer! Sie hatte einen riesigen weißen Schminktisch, die größte Ohrringsammlung, die ich jemals gesehen hatte, und das Beste: einen begehbaren Kleiderschrank.

»Wow!«, sagte ich, als ich ihn betrat, und drehte mich einmal im Kreis. Das passierte nicht oft, aber für einen kurzen Moment hatte es mir die Sprache verschlagen.

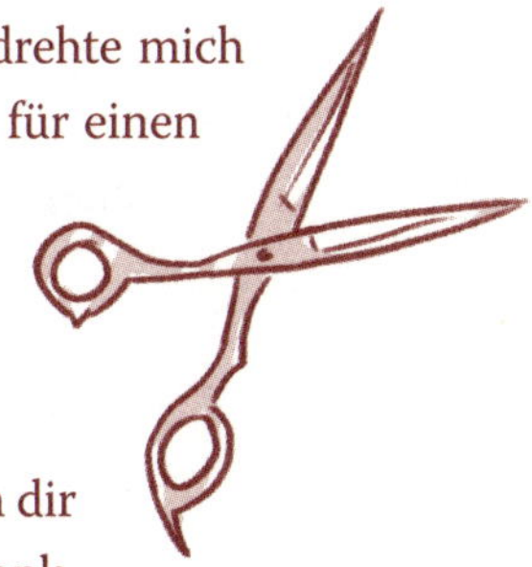

Josi kringelte verlegen ihre Haare um den Finger. »Hat mein Papa gebaut.«

Eine Mama, die jeden Tag coole Frisuren an dir ausprobierte, und ein Papa, der Kleiderschrankträume wahr werden ließ.

Vielleicht konnten mich Josis Eltern adoptieren? Ich ging zu ihrer Taschensammlung. Die meisten waren bunt, mit Fransen und Perlen verziert. Doch dann sah ich ein Exemplar, das einen kurzzeitigen Herzstillstand bei mir auslöste.

»Ist das eine … LOUIS VUITTON???«

Ich nahm die Tasche vom Haken und strich zärtlich über das weiche Leder. Hi, Sweetie, schön, dass wir uns kennenlernen!

»Nein!« Josi riss mir die Tasche aus der Hand. »Die ist nicht echt!« Sie stopfte die Tasche in die hinterste Ecke des Schranks. »Hab ich letztes Jahr in der Türkei gekauft. Zehn Euro.«

Ich starrte Josi mit offenem Mund an. Mein zweites Zuhause war ein Secondhandladen mit Vintageklamotten. Dorthin ging ich mindestens einmal in der Woche und besuchte meine zukünftigen Mitbewohner. Ich wusste es, wenn ich eine Louis Vuitton in den Händen hielt.

»Josi, die ist echt. Wirklich!«

»Können wir jetzt mal mit deinem Video anfangen?« Josi schob mich aus dem Kleiderschrank. Sie sah ganz schön aufgebracht aus. Was hatte sie denn?

»Okay«, sagte ich verwirrt. »Dann legen wir mal los.«

Checkliste Videodreh:

Passt das Licht?
Hast du etwas zwischen den Zähnen?
Gesicht abgepudert?
Kannst du deinen Text?
Kamera an?

Ich holte das Stativ aus meinem Rucksack und baute es auf. Dann sah ich mich prüfend im Zimmer um. »Ich schlage vor, wir drehen neben dem Bett. Dort haben wir kein Gegenlicht.«

»Was spielst du eigentlich?«, fragte Josi.

»Romeo und Julia natürlich! Die Szene, in der Julia in der Gruft aufwacht und den toten Romeo neben sich liegen sieht. Das habe ich schon für das Vorsprechen geübt, und außerdem sind Klassiker immer gut.«

»Warum hat sie denn in der Gruft geschlafen?« Josi guckte mich irritiert an.

»Julia hat da nicht geschlafen, sondern einen Betäubungstrank genommen, damit es so aussieht, als sei sie gestorben.« Ich steckte die Kamera auf das Stativ. »Romeo weiß das aber nicht und denkt, sie sei tot. Jetzt will er auch nicht mehr leben und trinkt Gift. Dann wacht Julia auf. Sie sieht den toten Romeo und ersticht sich mit einem Dolch!«

Josi riss die Augen auf. »Das ist ja schrecklich!«

Ich stemmte eine Hand in die Hüfte und pustete meine Haare aus der Stirn: »Drama, Baby, Drama!«

Josi machte mir ein wunderschönes Make-up und gab mir ein nachtblaues Samtkleid, das sie mal auf dem Flohmarkt gekauft hatte. Ich sah toll aus.

Josis Kopfkissen durfte den toten Romeo spielen. Wir hatten ihm einen Anzug ihres Vaters angezogen und drapierten das Ganze auf den Boden.

Ich kniete mich daneben und schloss kurz meine Augen. Jetzt musste ich alles geben. So eine Chance bekam man nur einmal im Leben. Ich hatte echt keine Lust, mich vor Timo Winter zu blamieren. Außerdem brauchte ich dringend ein Erfolgserlebnis.

Ich atmete tief durch und nickte Josi zu.

»Und – Action!«, rief Josi.

Ich beugte mich über meinen Romeo und schluchzte: »Mein Liebster! Du bist einfach gegangen. Wie konntest du nur?« Ich hob ein leeres Glas in die Luft und beäugte es misstrauisch.

»Gift! Oh, Romeo! Du hast alles ausgetrunken und mir nicht einen einzigen Tropfen übrig gelassen.«

Das war der Moment, in dem ich weinen sollte. Ich versuchte, an etwas Trauriges zu denken, aber mir fiel nichts ein. In meinem Kopf war Ebbe. Eine Zwiebel hatte ich natürlich auch nicht dabei. Jetzt musste ich cool bleiben. Im Film sah man sofort, wenn der Schauspieler nicht bei der Sache war.

Ich warf meine Haare in den Nacken, schmiegte mich an meinen Kissen-Romeo und schluchzte ungefähr eine halbe Minute in seine Brust. Das war auch nicht schlecht. Dann robbte ich dorthin, wo ich sein Gesicht vermutete, und krächzte: »Ich will deine Lippen

küssen. Vielleicht klebt noch Gift daran.« Ich schenkte meinem Romeo einen zärtlichen Kuss.

Dann fasste ich mir mit einer theatralischen Geste an die Stirn. »Nein, es wirkt nicht. Aber ich muss es hier und jetzt beenden, damit wir im Tode für immer vereint sind.«

Jetzt begann der große Showdown: Ich zog einen Kugelschreiber hervor und rammte ihn in meine Herzgegend. »Oh, Romeo«, röchelte ich und ließ mich rücklings auf den Boden fallen. Sollte ich vielleicht noch einen Schmerzensschrei ausstoßen? Nein, man musste ja nicht übertreiben. Ein stiller Tod war besser. Ich zuckte noch einige Male und blieb dann reglos mit weit aufgerissenen Augen liegen.

»Also … äh. Ich glaub das war's dann, oder?« Josi drückte auf die Kamera, und das rote Blinklicht erlosch.

Ich setzte mich auf und fuhr mit den Fingern durch meine zerzausten Haare. »Und, wie war ich?«

»Ähm …«, stotterte Josi. »Ich … ich fand's gut.«

»Ja?«, fragte ich. »Hätte ich noch was besser machen können? Die Emotionen authentischer rüberbringen oder so?«

»Nein. Das war sehr authentisch. Alles toll.«

»Wirklich? Obwohl ich gar keine echten Tränen geweint habe?«

»Ja … schon«, sagte Josi. Dann guckte sie zur Seite und kratzte ein bisschen Nagellack von ihrem Daumen.

»Können wir das Video an deinem Laptop gucken?«, fragte ich. Josi nickte und nahm die Speicherkarte aus der Kamera.

Ich kuschelte mich in die Arme meines Romeos, und während meine Szene über den Bildschirm flimmerte, hatte ich nur einen Gedanken: Hoffentlich würde Timo Winter das Video gefallen.

KAPITEL 8

PROMI-FLASH

Romy Shiva Westing und
Ben zusammen beim Shoppen
in der Fifth Avenue in New
York gesichtet.
Besonders auffällig war
der große Diamantring an
Romys ...

»Was schreibst du da?«

»Nichts.« Ich versuchte, mein Notizbuch unter der Tasche zu verstecken, aber Greta war schneller.

Sie grabschte nach dem Buch und lachte.

»Jetzt übertreibst du aber ein bisschen mit deinen Starallüren!«

»Gar nicht.« Ich schnappte meine heilige Gedankenauffangstation und ließ sie schnell in meiner Tasche verschwinden.

Es war Pause. Wir hatten gerade eine Doppelstunde Deutsch bei Frau Witko-Bock hinter uns gebracht und saßen nun auf einem kleinen Mauervorsprung im Schulhof. Hier stand genau zwischen 9.30 und 9.50 Uhr die Morgensonne. Wenn man noch vier weitere gähnend langweilige Schulstunden zu erwarten hatte, war dieser Ort genau richtig, um den Akku wieder aufzuladen. Das hatten natürlich auch schon andere Schüler spitzgekriegt, weswegen wir uns jeden Tag mächtig beeilen mussten, um den Platz zu erobern. Meistens ließen wir Pepa vorauslaufen, weil sie am schnellsten rennen konnte. Auch heute hatte sie mit einem olympiareifen Sprint eine Gruppe Zehntklässlerinnen abgehängt, die nun mit bitterbösen Blicken versuchten, uns per Telekinese von der Mauer zu schubsen.

Ich lehnte mich wohlig seufzend gegen die warme Hauswand und beobachtete ein Rudel Fünftklässler, das laut schreiend Fangen spielte.

»Guckt mal«, sagte Josi und zeigte auf einen Jungen, der gerade ein Plakat an die Eingangstür der Schule klebte. »Was ist das denn?«

»Ach so, nur die Mittelstufenparty«, sagte Pepa.

»Geht ihr da hin?«, fragte Josi und bekam große Augen.

»Na klar«, antwortete ich.

»Gar nicht klar«, brummte Pepa.

»Ich würde echt gern«, sagte Greta. »Aber an dem Abend sind meine Eltern nicht zu Hause. Muss mal gucken, ob Lina und Lilly bei einer Freundin übernachten können.«

»Das ist ja toll, ich war noch nie auf einer Schulparty.« Josi strahlte. »Was zieht man denn da an?«

»Na ja, ein bisschen stylen kann man sich schon«, sagte ich. »Aber bloß nicht zu overdressed hingehen. Lorena kam letztes Jahr in einem smaragdgrünen Cocktailkleid. Voll daneben!«

»Wie war eigentlich euer Videodreh gestern?«, fragte Pepa und öffnete ihre Pausenbox. Ein würziger Duft stieg mir in die Nase.

»Hier für dich. Von meiner Mama.« Sie drückte mir eine Papiertüte in die Hand. Ich guckte hinein. Empanadas – yummi! Das war mein Lieblingsessen.

Ich konnte mich noch genau an meine erste Empanadas-Verköstigung bei der Familie Käßmann erinnern. Meine Mama war nach der Schule nicht rechtzeitig aufgetaucht, um mich abzuholen, weil sie in Kreuzberg im Stau stand. Für ein Abc-Erstsemester war ich zwar schon relativ selbstständig, aber das brachte mich dann doch ziemlich aus der Fassung. Frau Käßmann drückte mich erst einmal eine halbe Minute an sich, dann telefonierte sie mit meiner Mutter und nahm mich mit zu ihnen nach Hause, damit ich nicht allein vor der Schule warten musste. Pepa war darüber nicht sonderlich begeistert. Die gesamte Fahrt über warf sie mir misstrauische Blicke zu. Als wir vor ihrer Haustür standen, fragte sie: »Magst du Polly Pocket?«

»Nein«, antwortete ich.

»Und gestreifte Latzhosen?« Ich runzelte die Stirn und schüttelte den Kopf.

»Rosinen?« Langsam war ich von diesem Verhör verunsichert. Sollte ich vielleicht lieber mit *Ja* antworten? Aber da war mir das *Nö* schon herausgerutscht. Pepa betrachtete mich ungefähr eine halbe Minute mit zusammengekniffenen Augen.

Als ich gerade zu dem Entschluss gekommen war, mich besser aus dem Staub zu machen, lächelte sie und sagte: »Okay, du kannst reinkommen.« Ich weiß bis heute nicht genau, warum, aber von da an waren wir beste Freundinnen.

Bei dem Gedanken daran musste ich grinsen. Pepa war schon ein Fall für sich, aber sie war immer für mich da, und das war schön.

»Videodreh war super!«, schmatzte ich nun. »Oder, Josi?« Ich sah unsere neue Freundin fragend an und wischte mir einen Krümel aus dem Mundwinkel. Josi biss in eine Birne und nickte mit vollen Backen: »Finde ich auch.«

»Hoffentlich meldet sich Timo Winter bald«, murmelte ich und schickte einen langen Seufzer hinterher.

Ich ließ meinen Blick über den Schulhof schweifen.

In ungefähr zwanzig Metern Entfernung stand Nick mit dem Rücken zur Wasserfontäne. Er deutete auf sein T-Shirt. Darauf stand: *Skatemaster*. Haha – sehr lustig!

Nick grinste und winkte zu uns herüber. Sollte ich zu ihm gehen? Ach nö, keine Lust!

Ich hatte gerade in eine Empanada gebissen, da tauchte Bens Kopf hinter Nick auf.

Das änderte die Sache natürlich. Hier wurde mir eine 1-a-Gelegenheit serviert, Ben mit Nick eifersüchtig zu machen. Allerdings war ich jetzt nicht mehr sicher, ob mein Plan wirklich so toll war. Vielleicht fand Ben mein Verhalten total gemein und wollte dann überhaupt nichts mehr mit mir zu tun haben.

Allerdings: Schlechte Publicity war besser als gar keine. Das wusste ich von den Stars. Wenn mir Ben seine Aufmerksamkeit schenkte, weil er wütend auf mich war, konnte das doch nur positiv für mich ausgehen.

»Romy? Bist du eingeschlafen?« Pepa gab mir einen Stoß in die Rippen. Ich schreckte auf. »Komme gleich wieder. Erkläre ich

euch dann … okay?« Ich ließ meine Freundinnen mit verwirrten Gesichtern zurück, fuhr mir durch die Haare, um für einen kurzen Moment Volumen hineinzubringen, und machte mich auf den Weg zum Springbrunnen.

»Hi!« Nick empfing mich mit einem breiten Grinsen. »Wo hast du denn deine Mädels gelassen?«

»Auf unserer Mauer«, stotterte ich und beobachtete Ben dabei, wie er sein Käsebrot aus dem Papier wickelte und die Nase rümpfte.

»Das sehe ich«, lachte Nick. »Wollten sie nicht mitkommen?«

»Nein … ja … keine Ahnung. Eigentlich wollte ich dich etwas fragen.«

Bevor ich weitersprechen konnte, schob sich eine Traube Schüler an den Rand des Springbrunnens. Es waren Lorena und ihre Fanbase. War ja klar, dass sie mir mal wieder dazwischenfunken musste.

Ich steckte meine Hände lässig in die Hosentaschen und pustete eine Haarsträhne aus der Stirn.

»Ach, Romy. Du auch hier?«, sagte Lorena mit diesem gelangweilt-arroganten Tonfall, den nur sie in Perfektion beherrschte. Den passenden Gesichtsausdruck hatte es wohl gratis dazugegeben. »Hast du schon vom *Sterne über Berlin*-Casting gehört? Die suchen einige Darsteller in unserem Alter. Wir gehen alle hin, nicht wahr, Benni?« Lorena schenkte BEN – jeder wusste, dass er es nicht ausstehen konnte, wenn man

ihn Benni nannte – einen Augenaufschlag, der ihrer Meinung nach vermutlich sexy und verliebt zugleich sein sollte.

In meinem Bauch brodelte die Wut. Es machte ihr wohl Spaß, mir bei jeder Gelegenheit unter die Nase zu reiben, dass sie viel enger mit Ben war als ich.

Ich hatte große Lust, zu behaupten, dass Timo Winter MICH bereits auserkoren hatte, eine Hauptrolle bei *Sterne über Berlin* zu spielen. Zum Glück tippte Nick mir in diesem Augenblick auf die Schulter und bewahrte mich davor, eine riesige Dummheit zu begehen. Ich hatte Timo Winter ja versprochen, die Sache mit dem Video für mich zu behalten.

Nick war auf den Rand des Springbrunnens geklettert. Er hatte die Arme ausgebreitet, um das Gleichgewicht besser halten zu können.

»Was willst du denn wissen?« Nick guckte mich mit neugierigem Blick an, während er auf der schmalen Brüstung entlangbalancierte.

Er hätte seine Augen mal besser auf seine Füße gerichtet, denn als er den nächsten Schritt machte, traf er nicht den Rand, sondern tappte in die Luft. Nick ruderte wild mit den Armen. Ich sah ihn schon in den Springbrunnen stürzen, doch er konnte sich im letzten Moment an Ottokar dem Unberechenbaren festhalten. Ottokar war ein hässlicher bronzefarbener Karpfen, den ein ausgeflippter Berliner Künstler der Schule gespendet hatte. Seitdem thronte er auf dem Springbrunnen und spuckte in unregelmäßigen Abständen Wasser auf die vorbeigehenden Schüler.

Ich nahm meinen ganzen Mut zusammen: »Also, ich wollte dich fragen, ob wir heute Nachmittag zusammen was Ungefährliches im Gleisdreieck-Park machen wollen.«

Nick vollführte eine elegante Drehung, legte den Arm um den Bronzekarpfen und sagte: »Ja, klar.«

Meine Augen suchten Ben. Für eine winzige Sekunde trafen sich unsere Blicke. Irgendwie hatte ich das Gefühl, dass er eifersüchtig aussah. Ben warf die obere Brotscheibe in hohem Bogen zwischen die Sträucher und öffnete seinen Mund. Ich wollte gerade noch »Halt!« schreien, aber da war es schon zu spät. Er hatte sich das Brot falsch herum zwischen die Zähne geschoben, und der Käse landete auf dem Boden.

Ha! Das war der Beweis. Mein Date mit Nick hatte Ben total aus der Fassung gebracht. Ich lächelte Nick an und rief: »Dann sind wir also verabredet?«

»Jup!« Nick machte einen kleinen Luftsprung und verlor nun endgültig das Gleichgewicht. Er stürzte in meine Arme, ich stolperte gegen Kim, die fiel auf Ben, Ben hielt sich an Hanna fest, die vor Schreck einen Sprung zur Seite machte und Lorena direkt unter den Wasserstrahl des unberechenbaren Ottokar stieß.

»Iiiih!«, schrie Lorena und brachte sich, so schnell sie konnte, in Sicherheit. Aber es war zu spät: Ihre Lockenpracht war bereits in sich zusammengefallen. Lorena sah aus, als ob ihr jemand einen Topf Tintenfischspaghetti über den Kopf gekippt hätte.

Ich schickte ein Dankgebet an Ganesha, das Karma oder wer auch immer dafür verantwortlich war, und sagte zu Nick: »Bis später!« Dann machte ich mich laut prustend vom Acker.

»Na, das war ja mal 'ne echt coole Show!«, rief Greta, als ich wieder bei meinen Freundinnen ankam. Josi und Pepa kicherten.

»Ja, oder?«, grinste ich. »Unser Pudel muss jetzt erst mal in den Hundesalon.«

Für einen kurzen Augenblick genossen wir alle den wunderbaren Moment. Dann guckte mich Pepa an und fragte:

»Warum warst du eigentlich bei Nick?«

»Ich wollte wissen, ob wir uns heute Nachmittag am Gleisdreieck treffen«, antwortete ich.

»Warum das denn?« Greta guckte mich irritiert an.

»Um Ben eifersüchtig zu machen!«, rief ich. »Er soll sehen, dass mich viele Jungs gut finden.«

»Aha«, sagte Pepa. »Und du glaubst, das funktioniert? Du warst ihm doch bisher auch voll egal.«

»Da hat das Käsebrot aber etwas anderes gezeigt«, antwortete ich schnippisch.

»Hä?«, machte Greta.

»Ach, ist nicht so wichtig. Jedenfalls nach der WhatsApp-Nachricht gestern …«

»Welche WhatsApp-Nachricht?« Pepa kniff die Augen zusammen. »Davon hast du ja gar nichts erzählt.«

»Ach so, ja, hab ich vergessen«, sagte ich und strich mir die Haare aus der Stirn. »Wir haben miteinander geschrieben, und jetzt wollen wir uns treffen! Ganz einfach.«

Pepa runzelte die Stirn. »Also, ich finde …«

»Weißt du was …«, fiel ihr Josi aufgeregt ins Wort, was bei ihrer Schüchternheit echt ungewöhnlich war, »… vielleicht ist das ja die große Chance von der Tarotkarte.«

»Ja … stimmt.« Ich pfiff durch die Zähne. Josi sah mich freudestrahlend an. Sie war nicht nur ein Modegenie, sondern auch echt schlau.

»Was denn für eine Tarotkarte?«, fragte Pepa. Ihre Stimme klang krächzig.

»Wir haben euch nichts davon erzählt, weil ihr das mit dem Liebesorakel so blöd fandet. Nachdem ihr weg wart, haben Josi und ich eine Tarotkarte gefunden. Das Ass der Stäbe. Die hat gesagt, dass eine große Chance auf mich wartet.« Ich guckte triumphierend in die Runde.

»Echt? Die Karte konnte sprechen?« Greta lachte. »Du glaubst doch nicht wirklich, dass das etwas mit deinem komischen Liebesorakel zu tun hat?«

»Wer weiß … alles ist möglich.« Ich versuchte, meiner Stimme einen mysteriösen Hauch zu verleihen. Das schien Greta aber nicht zu überzeugen.

»Ist ja auch egal«, sagte sie und legte versöhnlich einen Arm um meine Schulter.

»Was ziehst du denn zu dem Date mit Nick heute an?«, fragte Josi. Pepa gab einen grummelnden Laut von sich.

»Willst du's noch mal mit 'nem Skateroutfit probieren?« Greta boxte mich in die Seite.

»Na klar. Ganz bestimmt!«, lachte ich und boxte zurück.

»Außerdem darfst du heute Mittag unter gar keinen Umständen Zwiebeln essen«, warf Josi ein.

»Pff …«, machte Pepa und verdrehte die Augen. »Das ist doch nur ein Fake-Date. Sie wird Nick bestimmt nicht küssen!«

»Aber vielleicht Ben …«, sagte ich und spitzte meine Lippen.

»Hast du dir schon Gedanken zum Make-up gemacht?«, fragte Greta. »Nimm bloß nicht wieder das dunkle Rouge. Damit siehst du aus wie Rotkäppchen höchstpersönlich.«

»Sagt mal, habt ihr keine anderen Gesprächsthemen?« Auf Pepas Stirn hatte sich eine steile Falte gebildet.

»Nee, wieso?« Ich sah meine Freundin an. »Ein Date zu planen macht doch total Spaß!«

»Mir aber nicht!«, knurrte Pepa. »Und jetzt muss ich noch was erledigen. Ciao!« Sie sprang auf und ging, vom Pausengong begleitet, davon.

»Was hat sie denn?« Josi sah uns mit großen Augen an.

Ich zuckte mit den Schultern und streckte mich. »Vielleicht schlecht geschlafen. Ist ja auch egal. Die kriegt sich schon wieder ein!«

IN SIEBEN SCHRITTEN ZUM PERFEKTEN DATE

07. ZEITMANAGEMENT

Mach dir einen Zeitplan, um Panikattacken zu vermeiden.

06. EINE KLEINIGKEIT ESSEN

Auf keinen Fall solltest du mit knurrendem Magen zum ersten Date gehen. Es kann peinlich werden, wenn sich dein Bauch plötzlich in die Unterhaltung einmischt.

Tabu sind:

- Zwiebeln und Knoblauch (Stinkeatem)
- Bohnen und Erbsen (Pupsalarm)
- fettiges Essen (Blähbauch)

05. BODYPFLEGE

- duschen
- Körper- und Gesichtspeeling
- Haare waschen + Intensivkur anwenden
- Finger- und Fußnägel lackieren

04. HAIRSTYLING

Achte beim Hairstyling darauf, dass die Frisur nicht zu kompliziert wird. Kein Junge findet es toll, wenn du alle fünf Minuten den Spiegel zückst, um deine Haare in Ordnung zu bringen.

Lässig und elegant: die Flechtfrisur
Immer perfekt: der Pferdeschwanz
Der Klassiker: offene Haare

03. MAKE-UP

Weniger ist mehr! Zaubere mit dem Nude-Look ein leichtes Make-up in dein Gesicht, das deine Natürlichkeit unterstreicht.

Schritt 1: Augenringe und Unreinheiten mit Concealer abdecken. Anschließend eine Foundation auftragen, die zu deinem Hautton passt. Das Make-up mit einem transparenten Puder fixieren.

Schritt 2: die Augen in hellen Brauntönen ausschattieren. Wichtig ist, dass keine harten Übergänge zu sehen sind.

Schritt 3: Wimpern tuschen.

Schritt 4: Rouge in einer dezenten Farbe auftragen.

02. OUTFIT

In deinem First-Date-Outfit solltest du dich vor allen Dingen wohlfühlen. Verkleide dich nicht, sondern achte darauf, dass dein Look zu hundert Prozent deinem eigenen Style entspricht. So kannst du Mr Right durch deine Individualität beeindrucken.

01. DER FEINSCHLIFF

– Zähne putzen
– Deo
– Haarspray
– Lieblingsparfum
– Handtaschencheck:
  • Pflegestift für superweiche Lippen
  • Handspiegel
  • Handy (Falls du eine SOS-Nachricht an deine Freundinnen senden musst.)
  • Geldbeutel: Eine emanzipierte Frau zahlt ihre Cola beim ersten Date selbst.

KAPITEL 9

Welche Ohrringe findet ihr besser?

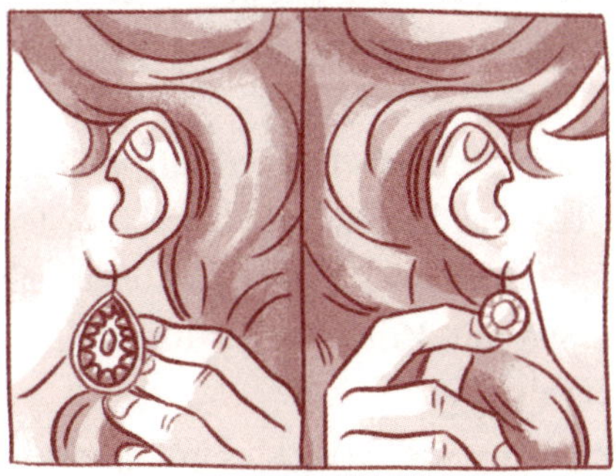

Josi Becker: Auf jeden Fall den linken

Greta Sandberg: Mir gefällt der rechte besser

Raffa Käßmann: Gar keine Ohrringe!

Romy Shiva Westing: Na, das hilft mir ja richtig weiter ;-)

Um fünf nach zwei saß ich fertig gestylt auf dem Bett und zwirbelte eine Haarsträhne um meine nervösen Finger. Obwohl ich mich noch mehrmals umgezogen hatte, musste ich erst in einer halben Stunde zur U-Bahn.

Ich hätte natürlich mein Zimmer aufräumen können, denn dort sah es aus, als ob mein Kleiderschrank explodiert wäre, aber irgendwie konnte ich mich nicht dazu aufraffen.

Stattdessen kratzte ich an dem Pickel herum, den ich gerade sorgfältig abgepudert hatte. *Verdammt, Romy – aufhören!!!*

Wenn ich so weitermachte, schaffte ich es in weniger als einer Minute, meinen gesamten Look zu zerstören.

Was ich jetzt dringend brauchte, war Ablenkung. Ich schaltete den Fernseher ein, aber um diese Zeit liefen immer nur blöde Pseudo-Reality-Soaps mit absolut talentfreien Schauspielern.

Ich setzte mich auf mein Fensterbrett und lehnte die Stirn gegen das kühle Glas. Mein Kopf tat weh. Vielleicht sollte ich meine Schläfen mit Mamas Pfefferminzöl einreiben, aber das würde zusammen mit *Miss Dior* bestimmt eine seltsame Geruchsmischung abgeben.

Mein Herz pochte wie verrückt. Ein Date war ja schon aufregend genug, aber ein Pseudodate, bei dem man eigentlich einen anderen Jungen beeindrucken wollte, machte das Ganze schrecklich kompliziert.

Ich seufzte. Vielleicht war das alles doch eine total blöde Idee. Ich musste unbedingt mit jemandem sprechen.

Pepa …

Ich schnappte mein Smartphone und drückte auf die Kurzwahltaste 1. Es tutete. Bei Pepa musste man es immer besonders lang klingeln lassen, weil sie ihr Handy meistens nicht fand. Nach einer gefühlten Ewigkeit sagte sie endlich: »Hallo?«

»Hi, Pepsi-Pepa!«, rief ich. »Ich glaube, das ist alles ein ganz großer Mist.«

»Hä?«, murmelte Pepa.

»Na, das mit dem falschen Date.«

»Keine Ahnung, was du da redest. Ich hab jetzt auch gar keine Zeit. Mach Hausaufgaben.«

»Na und?« Ich warf einen Berg Klamotten von meinem Schreibtischstuhl und setzte mich darauf.

Was sollte das denn? Normalerweise freute sich Pepa immer, wenn ich sie anrief und kurzzeitig vom Lernen ablenkte.

»Hast du schlechte Laune?«, fragte ich und drehte mich einmal im Kreis herum.

»Nein«, brummte Pepa.

»Stress mit deiner Mum?«

»Nein«, sagte Pepa wieder.

Dann Stille. Ich stand auf und hängte das altrosa Kleid vom Boxi-Shopping auf einen Bügel.

»Was war denn heute eigentlich mit dir in der Schule los? Josi hat gemeint, dass du …«

»Josi hat gemeint«, äffte mich Pepa nach. »Ist mir doch egal, was die sagt.«

Das Kleid rutschte mir aus den Händen und blieb als trauriger, zerknautschter Stoffhaufen am Boden liegen.

»Pepa, was ist denn los?«

Schweigen.

»Bist du noch da?« Am anderen Ende der Leitung hörte ich ein Grummeln.

»Was hast du denn? Soll ich vorbeikommen? Ich sage Nick ab, und dann gehen wir mit Josi und Greta zu *Juicy* …«

»Geh doch mit Josi, wohin zu willst!«, fauchte Pepa.

Es machte: *Tut – tut – tut.* Pepa hatte aufgelegt.

Also echt. Was war das denn? Sollte ich sie nochmal anrufen und fragen? Nein!

Jetzt war Pepa an der Reihe. Keinen Plan, was die Sache mit Josi zu bedeuten hatte, aber wenn sie nicht mit mir redete, konnte ich ihr auch nicht helfen.

Inzwischen war es fünf vor halb drei.

Sollte ich in den Gleisdreieck-Park fahren? Ich dachte an die Tarotkarte. Darauf war eine Wolke abgebildet gewesen.

Vielleicht ließ ich einfach das Schicksal entscheiden. Wenn Wolke einen neuen Blog eingestellt hatte, würde ich gehen – wenn nicht, zu Hause bleiben. Ich öffnete meinen Laptop und klickte auf den Link zu Wolkes Homepage. Weiße Wattebäusche schoben sich ins Bild.

Die Entscheidung war gefallen …

BEN

WWW – Wolkes Weekly Wisdom

Was das Leben so bringt von A – Z

E wie: Einhorn

Wie ihr wisst, liebe ich #Zitate. Nicht unbedingt die à la Goethe: »... aus Steinen, die einem in den Weg gelegt werden, bla bla ...«, sondern eher #Freestyle – so, wie das Leben nämlich wirklich ist.

Heute passt eine Sache ganz gut, deswegen das #E wie Einhorn.

Ich haue euch mein absolutes Lieblingszitat um die Ohren, bämboombäng:

SEI IMMER DU SELBST, ES SEI DENN, DU KANNST EIN EINHORN SEIN, DANN SEI EIN EINHORN.

(Von wem das ist? Keine Ahnung! Vielleicht vom #letztenEinhorn? ☺)

Kennt ihr den Spruch?

Ich sag nur: genial!

Da steckt einfach alles drin.

ÜBER MICH

Hallo! Schön, dich zu sehen :) Ich bin Wolke, und hier schreibe ich über alles, was in meinen Leben passiert. Stay cloudy!

MAIL

Ausgehen Dek
Fashion Foto
Freunde Lifestyl
Shopping Hau
Liebe Part
Wohnen

Ich habe da mal eine wolkiistische Interpretation drübergezogen, und – tadaaa!

Das Ganze heißt nichts anderes als: Sei immer du selbst, und versuche nicht, die bessere Version von dir abzugeben, eine, die du gar nicht bist.

Die du aber vielleicht gern sein würdest (Einhorn), doch das entspricht eben nicht der Realität. (By the way – Realität stört! Aber dazu ein andermal mehr.)

So, wie man wirklich ist, ist man nämlich schon das wahre Einhorn, ich sage nur: #unique.

Also, wir wollen alle gern die bessere #Einhorn-Version von uns selbst sein, um den #EINEN zu beeindrucken, um die coolste Person auf Erden zu sein, um #ihrwisstschonwen vom Hocker zu reißen.

Wenn ihr also das nächste Mal vor #ihm steht, denkt daran: Ein Einhorn ist auch nur ein verkleidetes Pony!

That's it!

Das war's heute von mir, so wolky, so good.

Macht's euch, aber macht's euch gut!

#stayunique #werwillschoneineinhornsein

Wie immer – eure Wolke

PS: Heute gibt es kein PS – ups, da isses ja, na ja, aber nur, um euch zu sagen, dass es keines gibt. #typischwolke #staycloudy

Als ich mit klopfendem Herzen im Park ankam, wartete Nick schon vor dem kleinen Kiosk auf mich. Er stand auf seinem Skateboard, lächelte und rief: »Hi, Romy!«

Ich schaute mich um. Ben war nirgends zu entdecken. Etwas verunsichert ging ich auf Nick zu. Wie begrüßte man sich bei einem Date außerhalb der Schule?

Küsschen rechts, Küsschen links?

Umarmen?

Handschlag?

Ich beschloss, einfach abzuwarten, was Nick machen würde. Er grinste mich weiter an, machte aber keine Anstalten, auf mich zuzugehen. Auch gut.

»Äh … hi«, murmelte ich.

»Hi«, sagte Nick noch mal und trat auf die Spitze seines Skateboards, sodass das andere Ende in seiner Hand landete. Ich inspizierte verlegen die Speisekarte am Kiosk.

»Wollen wir ein Eis essen?«, fragte Nick.

Ich nickte. Mir war total heiß, obwohl sich die Sonne gerade hinter einer Wolke versteckt hatte. Eine kleine Abkühlung konnte nicht schaden. Ich stellte mich vor die Eisverkäuferin und sagte: »Ein Colaeis, bitte.«

»Für mich dasselbe«, sagte Nick und zog seinen Geldbeutel aus der Hosentasche. »Ich lade dich natürlich ein.« In meinem Kopf ratterte es: *Eine emanzipierte Frau zahlt ihre Cola beim ersten Date selbst.*

Mist! Galt das nun auch für die gefrorene Variante?

Ich überlegte einen kurzen Moment. Cola blieb Cola. Egal in welchem Zustand.

»Lass mal, ich zahle für uns«, sagte ich deshalb zu Nick und drückte der Kioskverkäuferin einen Fünfeuroschein in die Hand.

Ich gab Nick, der mit offenem Mund neben mir stand, das Eis und lächelte.

Emanzipiert sein fühlte sich richtig gut an!

Wir schlenderten über den Hauptweg und nuckelten an unserem Colaeis. In meine Ohren drang das Stimmengewirr der Parkbesucher, die sich, mit Sonnenbrillen und Decken bewaffnet, auf den umliegenden Wiesen niedergelassen hatten. Vögel zwitscherten. In der Ferne fuhr die U1 auf der Hochbahntrasse vorbei.

Sonst hörte ich nichts, denn Nick sagte keinen Ton. Ich war verwirrt. Soweit ich wusste, hatte er schon Dates gehabt. Da musste er doch wissen, wie das funktionierte?!

»Also …«, sagte ich, um die Stille zu durchbrechen. »Was hattest du denn in der letzten Matheklausur? Die soll ja voll schwer gewesen sein.«

»Äh … eine Vier.« Nick zupfte an seiner Basecap herum. »Du, Romy, ich wollte dich da mal noch was fragen …«

»Und was hatte Ben?«, platzte es aus mir heraus.

»Was? Keine Ahnung. Ne Drei minus glaub ich. Also …«

»Warum spielt Ben eigentlich nicht mit dir und Raffa Handball?«, fragte ich.

»Hä?« Nick sah mich irritiert an. »Wie kommst du denn jetzt darauf?«

»Nur so«, sagte ich. »Hab mir überlegt, dass ihr drei beste Freunde seid, und ich finde es komisch, dass Ben nicht in eurer Mannschaft mitmacht.«

Nick kratzte sich am Kopf. »Ben will Skateprofi werden und sagt, dass er sich nur auf einen Sport konzentrieren kann. Er trainiert eigentlich jeden Tag in der Bowl.«

»Und ist er schon hier?«

»Ben?«

»Ja.«

Nick runzelte die Stirn. »Glaub, ja.«

»Cool. Wollen wir mal hin?« Ich spürte ein kribbeliges Flattern in meinem Bauch.

»Wohin?«

»Zu Ben … äh, Bowl.« Ich räusperte mich.

Nick warf mir einen sonderbaren Blick zu und murmelte: »Also eigentlich wollte ich da noch etwas mit dir besprechen. Wir könnten doch mal zusammen mit Pe…«

»Du, ich kann mich gerade nicht so gut konzentrieren. Sag's mir einfach später, ja?« Ich zog Nick auf den Weg zur Skateanlage und unterdrückte ein Lächeln.

Endlich würde ich Ben sehen!

An der Bowl war um diese Zeit nicht viel los. Raffa stand mit drei anderen Jungs am Rand. Sie beobachteten einen Skater, der in der Betonwanne seine Runden drehte und immer wieder coole Stunts hinlegte. Es war Ben.

Wow. Dass er so toll skaten konnte, war mir bisher nie aufgefallen.

»Romy, also, ich wollte dich bitten …«

»Er ist total super«, unterbrach ich Nick. »Wie nennt man den Trick, den er gerade gemacht hat?« Meine Augen verfolgten Ben, der wie ein Surfer durch die Luft wirbelte.

»Das ist ein Kickflip. Den kannst du aus dem Stand heraus …«

»Cool! Ich glaube, Ben hat echt große Chancen, Skateprofi zu werden. Er ist sooo sportlich.«

»Weißt du was?«, rief Nick und knallte sein Board auf den Boden. »Das wird mir hier echt zu blöd! Seit zehn Minuten will ich meinen Satz zu Ende sagen, aber du kannst nur über Ben quatschen!«

Um uns herum war es still geworden. Die anderen Skater guckten uns neugierig an. Das einzige Geräusch, das ich jetzt noch wahrnahm, war das gleichmäßige Dröhnen von Bens Skateboard.

»Nick, du kannst doch jetzt mit mir reden …«, versuchte ich ihn zu beschwichtigen, aber er brummte nur verächtlich und sagte: »Nee, lass mal. Ich hab die Nase voll!« Er stellte sich auf sein Skateboard und rollte zu den anderen Jungen.

Kurz bevor er an der Bowl ankam, rief er: »Hey, Ben! Romy will dir noch ein Geständnis machen!«

Ich spürte die Hitze in meinem Gesicht aufsteigen. Mit Sicherheit war ich knallrot.

Ben stoppte sein Board und sah mich fragend an.

Auf meiner Stirn standen Schweißperlen. Ich hätte sie gern mit meinem Ärmel abgewischt, aber ich konnte mich nicht bewegen. Ich stand einfach nur da und starrte ihn an.

Ben runzelte genervt die Stirn. »Kommt da jetzt noch was?«

Das klebrige Colawasser lief an meinen Fingern hinunter und tropfte auf meine Schuhe.

Ich wollte Ben so viel sagen. Dass ich in ihn verliebt war und mit ihm zusammen sein wollte. Für immer. Aber ich brachte keinen Ton heraus.

Ben drehte sich um und schüttelte den Kopf. »Mann, ihr Mädchen geht mir echt auf den Senkel. Du bist ja noch schlimmer als Lorena.«

Ich stand regungslos in der Colapfütze. Das Lachen der Jungs dröhnte in meinen Ohren. Langsam begann ich zu realisieren, was Ben da gerade gesagt hatte.

Wenn ich nicht vor den anderen in Tränen ausbrechen wollte, musste ich hier weg, und zwar so schnell wie möglich.

Ich warf mein Eis in den Mülleimer und ging davon. Am liebsten wäre ich gelaufen, aber so viel Würde musste ich mir bewahren.

Ich spürte zwei Tränen meine Wangen hinunterkullern und wischte mit dem Handrücken über meine Augen.

Ben war das Allerallerletzte!

Als ich bei der Bank am Kiosk angekommen war, vibrierte mein Handy. Ich hoffte so sehr, dass es Pepa war, die sich bei mir entschuldigen wollte. Aber es war nicht Pepa, sondern Timo Winter.

Meine Hände zitterten so stark, dass ich drei Anläufe brauchte, um die E-Mail zu öffnen. Als ich es endlich schaffte, blieb für einen kurzen Augenblick mein Herz stehen.

Liebe Romy,

vielen Dank für Dein Bewerbungsvideo.
Wir sind noch nicht richtig überzeugt, ob Du wirklich zu *Sterne über Berlin* passt. Dein Schauspiel war teilweise etwas unnatürlich. Die Jury würde Dich deshalb gern noch einmal persönlich beim offenen Casting treffen.

Viele Grüße
Boris

Die Buchstaben verschwammen vor meinen Augen. Ich ließ mich auf die Bank fallen und konnte meine Tränen nicht mehr zurückhalten. Alle meine Hoffnungen und Träume waren in weniger als drei Minuten zu einem unansehnlichen Klumpen zusammengeschmolzen.

»Romy!«

Ich blickte auf. Hatte jemand meinen Namen gerufen?

»Romy!«

Ja, da war es wieder. Ich guckte mich um, konnte aber niemanden entdecken.

»Romy – wo bist du?« Es war eindeutig eine Jungenstimme.

Ben … schoss es mir durch den Kopf. Ich wischte mein nasses Gesicht an meinem T-Shirt ab.

Endlich würde alles gut werden.

KAPITEL 10

Es war nicht Ben, der kam, um mir zu sagen, dass er in Wahrheit total in mich verliebt war.

Es war auch nicht Nick, der sich bei mir entschuldigen wollte.

Es war Raffa.

Als ich ihn um die Wegbiegung kommen sah, begann mein Wasserwerk sofort von Neuem loszusprudeln. Eigentlich wollte ich vor Raffa nicht weinen, aber in diesem Moment war ich einfach nur froh, dass ich nicht allein sein musste.

Raffa setzte sich neben mich auf die Bank und streichelte unbeholfen über meinen Rücken.

»Romy, du bist ja total durch den Wind! So schlimm war das doch gar nicht.«

»Doch«,
schluchzte ich. »Das war
der peinlichste Moment meines Lebens!«

Raffa sah mich tröstend an: »Ach, Quatsch!«

Ich guckte ihn mit meinen roten, verquollenen Augen an und schniefte: »Ta…schen…tuch!«

Raffa kramte in seiner Hosentasche und beförderte ein ziemlich verschrumpeltes Exemplar zutage, das Frau Käßmann bestimmt schon zweimal mitgewaschen hatte. Ich zupfte es auseinander und schnäuzte kräftig.

»Geht's wieder besser?«, fragte Raffa. Er sah richtig besorgt aus. Eine Weile schwiegen wir. Dann sagte Raffa: »Du, ich muss jetzt gleich zum Klavierunterricht. Aber wenn du willst, lass ich ihn ausfallen.«

Mir stiegen wieder die Tränen in die Augen. »Nein, ist schon in Ordnung«, schniefte ich. »Ich fahr jetzt zu Greta.«

»Bist du dir sicher?« Raffa stupste meine Wange an. Für einen kurzen Moment trafen sich unsere Blicke.

In seinen Augen waren honigfarbene Sprenkel.

Ich guckte zur Seite und murmelte: »Danke, dass du für mich da warst.«

Dann stand ich auf und ging, so schnell ich konnte, zur U-Bahn.

Der Gleisdreieck-Park tat mir nicht gut. In nächster Zeit würde ich einen riesengroßen Bogen um ihn machen!

Greta ging nicht an ihr Handy. Vielleicht war sie trotzdem zu Hause? Ich beschloss, einfach hinzugehen. Die Sandbergs wohnten in einer kleinen Hinterhauswohnung in der Gabriel-Max-Straße. Ich hatte mich schon oft gefragt, wie Greta das eigentlich aushielt. Ihr Zimmer war winzig, und ständig kamen ihre zwei kleinen Schwestern herein und nervten.

Und dann erst die Badproblematik … Bei fünf Personen musste man bestimmt einen Plan aufstellen, wer wann aufs Klo gehen durfte.

Vor der Hausnummer zehn stand ein Junge in einer rot-weißen Jacke mit der Aufschrift *Pizzajunkie* und studierte die Klingelschilder.

»Darf ich mal?« Ich schob mich an ihm vorbei und drückte auf den Knopf, neben dem *Sandberg* stand.

»Weißt du, ob hier ein Malte Oltmann wohnt?«

»Hm?«, brummte ich und rückte meine Sonnenbrille zurecht. Die hatte ich aufgesetzt, um meine verweinten Zombie-Glubschaugen zu verdecken. Musste ja nicht jeder sehen, dass heute der schlimmste Tag meines Lebens war.

»Malte Oltmann?«, sagte der Junge erneut und runzelte die Stirn. »Warum können die Leute nicht mal genaue Angaben machen, wenn sie etwas bestellen?«

Der hatte Probleme! Ich zuckte mit den Schultern.

»Keine Ahnung. Vielleicht ist er der neue Nachbar?« Ich deutete auf den einzigen Klingelknopf, neben dem kein Name stand, und guckte mir den Pizzaboten etwas genauer an, während er sich an der Türglocke zu schaffen machte.

Es war der hübsche Typ, der uns fast immer die Pizza brachte. Schwarze Haare, die ihm in die Stirn fielen, braune Mandelaugen und kleine Grübchen an den Wangen.

Der Türsummer brummte. Wir schauten uns an. Da die Gegensprechanlage stumm blieb, hatte jeder von uns eine Fifty-fifty-Chance.

Als wir im zweiten Stock ankamen, sah ich sofort, dass die Pizza gewonnen hatte.

In der Tür neben Gretas Wohnung stand ein Junge mit strubbeligen braunen Haaren, die er zu einem lässigen Dutt zusammengebunden hatte, und grinste uns an.

Während der Pizzabote den Karton überreichte und Malte Oltmann in seiner Skinny Jeans nach Kleingeld wühlte, wandte ich mich der Tür der Sandbergs zu. Eigentlich wollte ich noch mal klingeln, doch dann zögerte ich. Aus der Wohnung drangen laute Stimmen. Ich konnte nichts Genaues verstehen, aber ich war mir sicher, dass sich Gretas Eltern gerade stritten. Greta hatte schon des Öfteren erzählt, dass es bei ihr zu Hause ständig Zoff gab, aber so schlimm hatte ich mir das nicht vorgestellt.

Ich wollte mich gerade vom Acker machen, da wurde die Wohnungstür der Sandbergs aufgerissen.

Greta stand mit wutverzerrtem Gesicht vor mir.

»Hi, was machst denn du hier?«, fragte sie überrascht, und ihre Stirnfalten glätteten sich ein bisschen.

»Wollte dich fragen, ob wir zusammen bei *Juicy Lucy* einen Smoothie trinken wollen«, sagte ich. »Aber bei dir scheint es gerade schlecht zu sein, oder?«

Greta schüttelte den Kopf. »Nein, ist schon in Ordnung. Ich wollte sowieso gerade raus. Das hier ist der reinste Affenzirkus.« Sie zog sich ihre Lederjacke an und stülpte eine grüne Beanie auf ihre schwarzen Haare.

Malte und Mr Asian-Pizza schienen in ihren Bewegungen eingefroren zu sein und starrten Greta an. Ich konnte es ihnen nicht verübeln. Greta sah richtig gut aus, wenn sie wütend war.

Allerdings war sie in diesem Moment für bewundernde Blicke nicht empfänglich und fauchte: »Was glotzt ihr denn so? Die Pizza wird bestimmt nicht wärmer!«

Als wir vor das Haus traten, hatte sich der Himmel über Berlin, passend zu unserer Stimmung, ein trübes, graues Outfit zugelegt. Bestimmt würde es gleich zu regnen beginnen. Ich guckte Greta mit einem besorgten Seitenblick an und fragte: »Was ist denn los bei euch?«

»Weiß nicht«, murmelte Greta und vergrub ihre Hände in den Jackentaschen. »Irgendwie hassen sich meine Eltern. Mama beschwert sich, dass Papa zu viel an seinem Roman arbeitet, und Papa meint, dass Mama die Zwillinge wegen ihres neuen Jobs vernachlässigt. Wie das dann endet, hast du ja gerade gehört.« Sie seufzte. »Das ist echt eine Megascheiße.«

Ich hätte gern irgendetwas Tröstendes gesagt, aber leider fiel mir überhaupt nichts ein. Mit Elternzoff hatte ich keine Erfahrung. Mama und Dad waren zwar getrennt, aber das schon seit meiner Geburt. Eigentlich waren sie nie richtig zusammen gewesen. Die beiden hatten sich beim Backpacking in Indien kennengelernt, und daraus war ich entstanden.

Meine Mama meinte immer, ich sei das Produkt einer kurzen, spirituellen Liebe. Hm…mh… Ja sicher!

»Und du bist geblendet von deinem Date mit Nick, oder warum hast du immer noch deine Sonnenbrille auf?« Greta betrachtete mich mit einem skeptischen Blick.

Ich schob die Brille von der Nase und präsentierte ihr meine rot verquollenen Augen.

»Oh … ist es schlecht gelaufen?«, fragte sie. Ich nickte, und schon traten mir wieder die Tränen in die Augen. Greta legte den Arm um meine Schulter und sagte: »Na los, dann erzähl mal.«

Es tat so gut, mir den Kummer von der Seele zu reden. Pepa, Nick, Ben, Timo Winter … alles sprudelte aus mir heraus.

Wir saßen bei *Juicy Lucy*. Zum Glück war der Platz am Fenster noch frei. Von hier aus konnte man auf den Boxhagener Platz gucken und hatte einen super Blick zum Tresen. Ich guckte Lucius, dem Besitzer, gern bei der Arbeit zu. Das entspannte mich irgendwie, weil er dabei immer so zufrieden aussah. Gerade schüttete er Bananen, Milch und Kakaopulver in einen großen Mixer und sang dazu ein italienisches Lied. Das wurde bestimmt mein Keep-Smiling-Milchshake.

Keep-Smiling-Milchshake

Du brauchst:
2 Bananen
400 ml Milch
2 EL Kakaopulver
½ Vanilleschote
1 Prise Zimt

Greta hatte einen Gute-Laune-Smoothie bestellt. Heute hatten wir beide die flüssige Stimmungsaufhellung bitter nötig.

Als uns Lucius die Getränke brachte, lächelte er und legte jedem von uns noch einen Schokomuffin dazu.

»Die gehen aufs Haus!«

Wir mussten echt elend aussehen!

Greta nahm einen großen Schluck von ihrem Smoothie. Dann betrachtete sie mich mit zusammengekniffenen Augen und fragte: »Romy, ganz ehrlich. Was findest du eigentlich an Ben? Okay, er sieht gut aus, ja, aber sonst?!«

Gute-Laune-Smoothie

Du brauchst:

3 Orangen
1 Mango
1 Banane
1 Spritzer Zitronensaft
100 g Tiefkühlhimbeeren

Ich zog an meinem Strohhalm und überlegte. Der Geschmack nach Schokolade und Vanille war wie eine Ladung Sonnenstrahlen in meinem Bauch. Ich fühlte mich schon viel besser.

»Hm … weiß nicht. Er ist einfach so cool.«

Greta runzelte die Stirn.

»Cool … aha. Noch andere positive Eigenschaften?«

»Er spielt so toll Theater. Und wenn er lacht, würde ich mich am liebsten an ihn kuscheln. Außerdem kann man bestimmt ganz toll mit ihm reden.«

»Woher willst du das denn wissen? Er antwortet doch immer nur mit Einwortsätzen und verschwindet dann«, sagte Greta und zog ihre Augenbrauen hoch.

»Ja schon, aber irgendwie habe ich das Gefühl, dass da etwas zwischen uns ist.«

Ich dachte an den Moment auf Pepas Balkon, als Ben neben mir in der Dunkelheit aufgetaucht war und mein ganzer Körper plötzlich zu kribbeln begonnen hatte. Aber wie sollte man so etwas erklären?

»Ich bin eben einfach in ihn verliebt«, sagte ich deshalb.

»Okay, du bist verliebt«, antwortete Greta. »Aber wenn man mit jemandem zusammen sein will, muss man doch auch dieselben Träume haben, füreinander da sein, sich blind vertrauen. Ist das mit Ben so?« Greta sah mich fragend an. Ich zuckte mit den Schultern.

Da hatte sie meinen wunden Punkt getroffen. Eigentlich wusste ich nichts über Ben. Schon gar nicht über seine Träume.

Greta zog ihr Smartphone aus der Tasche »Ich glaube, es wird mal wieder Zeit für einen Psychotest.«

Sie wischte ein paarmal auf dem Display hin und her und drückte mir dann ihr Handy in die Hand.

PSYCHOTEST

IST ER IN DICH VERLIEBT?

1 Macht er dir Komplimente?

- ○ Ja
- ○ Nein

2 Trefft ihr euch außerhalb der Schule?

- ○ Ja
- ○ Nein

3 Flirtet er mit dir?

- ○ Ja
- ○ Nein

4 Schreibt ihr euch Nachrichten?

- ○ Ja
- ○ Nein

5 Habt ihr gemeinsame Hobbys?

- ○ Ja
- ○ Nein

6

Lächelt er dich an?

○ Ja ○ Nein

7

Macht er dir kleine Geschenke?

○ Ja ○ Nein

8

Hält er sich oft in deiner Nähe auf?

○ Ja ○ Nein

9

Hat er dich schon mal um ein Date gebeten?

○ Ja ○ Nein

10

Befragt er deine Freundinnen über dich?

○ Ja ○ Nein

Auswertung auf S. 201

Als ich fertig war, gab ich Greta ihr Smartphone zurück und wartete ungeduldig auf die Auswertung.

»Hm«, machte Greta. »Also, das tut mir jetzt total leid, Romy, aber ihr passt echt überhaupt nicht zusammen.«

»Was? Bist du dir sicher?« Ich schnappte mir noch einmal das Smartphone und sah mir die einzelnen Fragen des Tests genauer an. Ich hatte nur einmal mit *Ja* geantwortet …

Ich dachte an die letzten Wochen: wie mich Ben im Schulflur ignoriert hatte, sein Geflirte mit Lorena, die fiese Bemerkung, die er vorhin an der Bowl gemacht hatte … Und dann wusste ich es. Wie hatte ich die ganze Zeit nur so blöd sein können?!

Ben würde sich niemals in mich verlieben! Auch wenn ich das coolste Mädchen der Schule, die beste Skaterin oder die perfekte Besetzung für Julia wäre – er hatte keine Gefühle für mich.

Ich wartete auf einen neuen Heulanfall, aber er kam nicht.

Der ganze Druck, Ben gefallen zu müssen, hatte sich in Luft aufgelöst, und das fühlte sich gut an. Vielleicht gab es irgendwo einen Jungen, der viel besser zu mir passte?

Ich starrte eine Weile in meinen Milchshake. Dann fragte ich: »Und was mache ich mit Nick und Timo Winter?«

»Nick kriegt sich schon wieder ein, und bei *Sterne über Berlin* ist doch noch nicht alles verloren, oder? Bis zum Casting hast du eine Woche Zeit. Wenn du richtig viel übst, rockst du das Ding auf jeden Fall!« Greta grinste mich an.

Ich lächelte. Doch dann legte sich ein dunkler Schatten über mein Herz. »Und was ist mit Pepa?«

»Mit Pepa musst du reden. Keine Ahnung, was mit ihr los ist, aber das renkt sich schon wieder ein.«

Ich stand auf und drückte Greta ganz fest an mich. Jungs waren toll, aber Freundinnen … lebensnotwendig.

KAPITEL 11

19.07: WhatsApp-Nachricht an Pepa:
Können wir reden? Fühl mich total mies wegen unseres Streits. Ruf mich doch mal an!

20.05: Voicemail an Pepa:
Hey Pepa ... was ist denn los? Melde dich bitte bei mir!

20.45: Ausgehender Anruf Pepa

21.01: WhatsApp-Nachricht an Pepa:
Mensch, Pepa ... schreib doch mal zurück!

22.34: WhatsApp-Nachricht an Pepa:
Pepa??

Pepa ignorierte mich.

Um ein Uhr war ich so verzweifelt, dass ich darüber nachdachte, mal schnell in die Boxhagener Straße zu laufen und Pepa aus dem Bett zu klingeln. Aber dann hätten mich die Käßmanns bestimmt für absolut verrückt erklärt.

Ich kuschelte mich an mein Stoffschwein Mr Pig und ließ mich von dem Gedanken trösten, dass ich Pepa morgen in der Schule sehen würde. Dann konnte sie gar nicht anders und musste mit mir reden.

Leider blieb Pepas Platz am nächsten Tag leer. Als sie um fünf nach acht immer noch nicht da war, wusste ich, dass sie heute nicht kommen würde. Normalerweise sagte sie Bescheid, wenn sie krank war, aber sie hatte nicht einmal auf Gretas Nachricht geantwortet. Nichts. Totale Funkstille.

Ich starrte auf den leeren Stuhl neben mir und spürte einen nagenden Stich in meinem Bauch.

Zu allem Übel hatten wir gleich in der ersten Stunde Geschichte bei der Nacktschnecke. Heute hatte selbst er den Punkt einer Totalkatastrophe überschritten: Zum kackbraunen Jackett trug er eine senfgelbe Krawatte. Außerdem roch er nach einer Mischung aus Fischsuppe und Meeresbrise-Duftbaum. Ekelhaft.

Während die Nacktschnecke etwas über den Aufstieg Napoleons erzählte, vergrub ich den Kopf zwischen meinen Armen auf dem Tisch.

Mir war schwindelig. Vier Stunden Schlaf waren eindeutig vier zu wenig. Mein Magen grummelte. Weil ich zu spät aufgestanden war, hatte ich natürlich keine Zeit zum Frühstücken gehabt. Der Mief hier im Klassenzimmer machte alles nur noch schlimmer. Meine Atemwege brauchten dringend einen Frischekick.

Ich hob meinen Arm und schnippte mit dem Finger.

»Ja?«, näselte die Nacktschnecke.

»Kann ich zur Toilette?«

»Sehr gut, Romy. Ein schönes Stichwort. Die Verrichtung der Notdurft war zu Napoleons Zeiten ein großes Problem. Die wenigsten Häuser hatten nämlich …«

Ich verdrehte die Augen.

Warum um alles in der Welt konnte dieser Typ nicht zuhören?! Mein Geduldsfaden, den man heute locker zum Weben einer Seidenstrumpfhose hätte verwenden können, riss entzwei.

»NEIN, Herr Nacktschneck. ICH gehe jetzt zur Toilette! Wo dieser Napoleon hinpinkelt, ist mir vollkommen egal!«

Ich sprang auf und stürzte aus dem Klassenzimmer.

Pepa hätte das mit Sicherheit sehr lustig gefunden. Vielleicht konnte ich ihr davon erzählen, wenn wir uns wieder vertragen hatten? *Wenn* das jemals der Fall war.

Der Schulflur war um diese Zeit wie ausgestorben. Meine Schritte hallten auf dem Linoleumboden. Durch die geschlossenen Türen drang leises Stimmengemurmel. Alle Schüler saßen brav in ihren Klassen und mussten das langweilige Geschwafel der langweiligen Lehrer ertragen. Schule war echt so was von überholt. In zwanzig Jahren musste man bestimmt nicht mehr in so einem blöden Betonbunker hocken, sondern konnte sich gemütlich per Livestream zu seinem Lieblingsfach schalten lassen.

Ich öffnete die Tür zur Mädchentoilette und vergewisserte mich, dass ich allein war. Ich öffnete das Fenster, spritzte mir kaltes Wasser ins Gesicht und betrachtete meine müden Augen im Spiegel.

Mann, sah ich schrecklich aus!

Seit meiner Kindergartenzeit hatte ich nicht mehr so viel geheult. Aber kein Wunder, der gestrige Tag war auch mit Abstand der beschissenste in meinem ganzen Leben gewesen!

Auf dem Flur hörte ich Schritte. Na toll. War es zu viel verlangt, dass ich mal für zwei Minuten Privatsphäre haben wollte?

Ich verschwand in der hintersten Toilettenkabine und konnte gerade noch die Tür schließen, bevor der Störenfried den Waschraum betrat.

Ich setzte mich auf die geschlossene Klobrille und las die Kritzeleien und Inschriften an der Tür, während ich auf das leise Plätschern aus der Nachbarkabine wartete.

Aber statt eines akustischen Niagarafalls begann ein Mädchen zu reden.

»Hi, Kim. Ich sag's dir. Bin so was von fertig.«

Na, herzlichen Dank auch! Jetzt telefonierte die Tussi nebenan. Ich stützte mein Kinn auf die Handgelenke und stellte mich auf eine längere Warteschleife ein.

»Blöd, dass du heute nicht da bist. Vorhin ist was echt Schreckliches passiert.«

Ich spitzte die Ohren. Beruhigend, dass nicht nur *mein* Tag unterirdisch verlief.

»Ja ... habe alles so gemacht, wie wir gestern besprochen haben. Vor der Schule habe ich ihn abgefangen.«

Aha. Es ging also um einen Jungen.

»Zuerst war Ben total süß ...«

Ben??? In meinem Kopf schrillten sämtliche Alarmglocken.

»Dachte, jetzt ist der richtige Zeitpunkt, und dann habe ich ihn gefragt, ob wir zusammen sind. Aber ...«

Das Mädchen begann zu schniefen.

»... dann hat er gesagt, dass er nur mit mir befreundet sein will.« Lautes Schluchzen drang zu mir herüber. »Wie soll das denn bitte werden, wenn wir jede Woche für *Romeo und Julia* proben?«

Es machte Klick. In meine Gedanken schob sich ein Bild.

Schwarze Locken. Heimtückischer Blick. Fieses Grinsen.

Das Mädchen, das gerade in der Nebenkabine zu einem Häufchen Elend zusammenschrumpelte, war Lorena.

Ben hatte sie also auch abserviert. Ich wartete darauf, dass sich eine euphorische Zufriedenheit in meinem Körper breitmachte, aber nichts passierte.

Lorena tat mir leid.

Ben war das Allerletzte. Ein richtig fieser Möchtegern-Macho. Der glaubte wohl, dass er irgendwann mal eine wie Cara Delevingne abkriegen würde.

»Danke ... das ist lieb von dir.« Lorena schnäuzte sich kräftig. »Muss jetzt wieder zurück. Schreiben doch gleich Mathe. Echt fies, dass du dich davor drückst. Ciao!«

Lorena öffnete die Tür. Ich saß wie versteinert in meiner Toilettenkabine und wagte kaum zu atmen.

Ich hörte den Wasserhahn plätschern. Dann das Surren des Händetrockners. Als dieser verstummte, lauschte ich, ob ich noch irgendwelche Geräusche wahrnehmen konnte.

Nein, absolute Stille. Lorena war gegangen.

Ich öffnete die Tür und stellte fest, dass ich mich getäuscht hatte. Lorena war nicht gegangen. Mist!

Ich starrte sie an. Sie starrte mich an.

»Äh ... hi«, sagte ich. Irgendwie musste ich diesen peinlichen Moment ein wenig abmildern.

»Schönes Kleid.«

Lorena guckte an sich hinunter und warf mir einen verständnislosen Blick zu.

Ich ging zum Waschbecken und drehte den Wasserhahn auf. Im Spiegel konnte ich Lorenas Gesicht erkennen. Sie sah genauso aus, wie ich mich fühlte.

»Ben ist ein Arsch«, flüsterte ich.

Lorena nickte. Dann huschte ein kleines Lächeln über ihre Lippen.

WWW Wolkes Weekly Wisdom

Was das Leben so bringt von A – Z

S wie Schubladen:

Es gibt sie überall, ich kenne welche, ihr kennt welche, nur die, die welche sind, kapieren es nicht.

Die Rede ist von Arschgeigen.

Arschgeigen sind Leute, die einen zum Beispiel in #Schubladen stecken, in die man gar nicht reinpasst.

By the way: Schubladen dienen einem evolutionstechnisch wichtigen Zweck, wir denken da nur an gewisse V-förmige Surferbodies ... gut, ich schweife ab. Schubladen. Sie sind wichtig, um sich zu orientieren, okay.

Aber geht es euch nicht auch oft so, dass ihr einen Menschen nach drei Sekunden beurteilt habt und ihn dann in eine Schublade steckt? Ich meine, wir brauchen allein drei Stunden für einen Preisvergleich für die neuen Sneakers.

Das Ganze hat einen aktuellen Anlass, wie ihr euch

Über mich

Hallo! Schön, dich zu sehen :) Ich bin Wolke, und hier schreibe ich über alles, was in meinem Leben passiert. Stay cloudy!

Mail

Ausgehen Deko Fashion Fotos Freunde Lifestyle Shopping Haul Liebe Party Wohnen sicher denken könnt. Ich stecke gerade selbst in so 'ner #Schublade, in die ich gar nicht passe.

Wieso? Da schließt sich der Kreis wieder zu A… #ihrwisstschon.

Meine Frage an euch: Wieso nehmen wir uns drei Stunden Zeit zum Abchecken von Sneakerspreisen, aber nur drei Sekunden zum Abchecken für einen Menschen?

Wenn ihr's wisst, haut es mir unten in die Kommentare. An dieser Stelle sag ich's mal mit #IchweissnichtwersWorten: »Dosen gehören in Schubladen, nicht Menschen.«

Das war mein #BlogzumMontag #heutemalganzernst

Wie immer – eure Wolke

#staycloudy

PS: Wusstet ihr, dass das #postscriptum heißt? Für euch ziehe ich mir mehr Vokabeln rein als im #Lateinunterricht (würg!).

PPS: Ich habe im PS glatt vergessen, was da hineingehörte: Ich habe euch die Sneakers in der Kommentarbox verlinkt, da spart ihr euch dann gleich die drei Stunden und könnt sie anderweitig plattmachen. #MenschensindkeineDosen

Ich hatte beschlossen, dass es das Beste wäre, Pepa nach der Schule persönlich zur Rede zu stellen.

Wenn sie krank war, musste sie zu Hause sein, und wenn ich vor ihrer Haustür stand, würde mich schon irgendjemand reinlassen.

Mit klopfenden Herzen drückte ich auf den Klingelknopf, neben dem *Käßmann* stand.

»Ja, hallo?«, dröhnte es aus der Gegensprechanlage.

Es war Raffa. Meine Herzfrequenz schaltete noch einen Gang nach oben.

»Ha...hallo, hier ist Romy. Kann ich ...?«

»Komm rauf.«

Die Tür brummte, ich drückte mich dagegen und fuhr mit dem Aufzug in den fünften Stock.

Raffa wartete schon in der Tür. Er trug einen hellblauen Schlafanzug und hatte sich einen dicken Wollschal um den Hals geschlungen. Seine Haare standen verstrubbelt nach allen Seiten ab.

»Das ist aber nett, dass du mich mit einem Krankenbesuch überraschst.« Raffa grinste.

»Nein ... also eigentlich will ich zu Pepa ...«, stammelte ich und kam mir im gleichen Moment total bescheuert vor.

»Weiß ich doch«, sagte Raffa. Er trat einen Schritt zur Seite und deutete mit seiner Hand an, dass ich hereinkommen konnte. »Sie ist in ihrem Zimmer. Wir haben uns beide eine fiese Erkältung eingefangen.«

Aha. Dann war sie also wirklich krank und nicht meinetwegen zu Hause geblieben. Das beruhigte mich schon mal ein bisschen.

»Wie geht es dir denn?«, fragte Raffa und warf mir einen seltsamen Blick zu.

»Besser«, sagte ich und betrachtete verlegen die bunten Holzfiguren auf dem Sideboard, die Pepas Mutter aus Uruguay mitgebracht hatte.

»Schön.«

»Ähm ... ich geh dann mal zu Pippa ... äh ... Pepa.« Bevor Raffa sehen konnte, dass mein Kopf tomatenrot angelaufen war, lief ich den Flur entlang und blieb vor Pepas Zimmertür stehen.

Ich klopfte. Keine Antwort. Vielleicht schlief sie? Sollte ich wieder gehen?

Nein.

Wir mussten uns aussprechen, sonst würde ich noch verrückt werden. Zaghaft drückte ich die Klinke hinunter und guckte durch den schmalen Spalt in der Tür.

Pepa lag mit Ohrstöpseln auf ihrem Bett und las die *Bravo Sport.* Auf ihrem Nachttisch standen eine Tasse, belegte Brote, Hustenbonbons und ein Inhalator.

Bei Frau Käßmann konnte man gar nicht anders: Man musste schnell wieder gesund werden.

Ich klopfte noch einmal an die Tür. Diesmal etwas lauter. Pepa schaute auf und drückte an ihrem Smartphone herum. An ihrem Blick konnte ich nicht erkennen, ob sie meinen Besuch gut oder schlecht fand.

»Hi«, sagte ich. Meine Stimme zitterte. »Bist du schlimm krank?«

Kopfschütteln.

»Darf ich reinkommen?«

Kopfnicken.

Ich schob mich durch die Tür, blieb für einen kurzen Moment unschlüssig im Zimmer stehen und setzte mich dann auf Pepas Gymnastikball.

Eine Weile sagte niemand ein Wort. Ich wusste nicht, wie ich anfangen sollte. Pepa starrte einfach nur auf ihre Bettdecke.

»Ben hat Lorena abserviert.«

»Echt?« Pepas Stimme klang erstaunt.

»Ja, und ich bin nicht mehr in ihn verliebt.«

»Aha.« Sie runzelte die Stirn. »Und was sagt Josi dazu?«

Ich guckte Pepa verwirrt an. »Was soll sie denn dazu sagen? Sie kennt ihn doch gar nicht richtig.«

Pepa machte »Pff« und wandte sich wieder ihrer Zeitschrift zu.

Sie hatte schon wieder nach Josi gefragt. In meinem Kopf startete eine Diashow: Schminktipps, Klamotten, Haarstyling, die Tarotkarte.

Langsam wurde mir klar, was los war.

»Sag mal … Bist du eifersüchtig auf Josi?«

Pepa blätterte hektisch die Seite um.

Tatsächlich. Das war also der Grund für Pepas Wut auf mich.

»Aber Pepa! Wir sind doch die allerallerbesten Freundinnen. Das wird sich niemals ändern.«

Pepa guckte mich an, und plötzlich bemerkte ich, wie traurig sie aussah.

»Wir sind das Dreamteam. Für immer und ewig!« Ich legte so viel Eindringlichkeit in meine Stimme, dass sie mir einfach glauben musste.

»Hm …« Pepa nahm ihre Tasse und rührte darin herum. »Wirklich?«

»Na klar! Du bist doch meine Pepsi-Pepa, und ohne dich macht gar nichts Spaß.«

Pepa trank einen Schluck Tee. Da sie sich dabei aber nicht aufsetzte, schüttete sie sich die Hälfte der braunen Flüssigkeit auf ihren Schlafanzug.

Wir guckten uns an und prusteten los.

Ich gab Pepa ein Taschentuch und sagte: »Josi ist wirklich nett. Vielleicht musst du sie nur besser kennenlernen, und dann magst du sie auch.«

»Weiß nicht«, murmelte Pepa.

»Doch, bestimmt. Außerdem ist sie neu in der Klasse und kennt niemanden. Ich fände es super, wenn wir ihr hier in Berlin ein paar coole Sachen zeigen könnten.«

»Hm … wenn du meinst«, knurrte Pepa.

Ich seufzte. Irgendwie würden wir das schon hinbekommen.

Wir schwiegen eine Weile. Dann fragte Pepa: »Und wie war das Date mit Nick?«

»Schrecklich.«

Pepa nahm sich ein Hustenbonbon aus der Tüte und schmatzte: »War doch klar, dass das schiefgeht.«

»Also, mir war das nicht klar«, antwortete ich. »Und außerdem geht's mir seitdem viel besser. Jetzt weiß ich wenigstens, woran ich bin.«

»Aha«, brummte Pepa wenig überzeugt.

»Also, immerhin habe ich mich getraut, einen Jungen zu daten. Das würdest du niemals machen!«

»Weißt du doch gar nicht.« Pepas Augen funkelten. »Ich hab nur niemanden, mit dem ich mich treffen könnte.«

»Kein Problem. Da besorg ich dir jemanden«, sagte ich und grinste bis zu den Ohrläppchen. »Wetten, dass du dich nicht traust?«

»Klar trau ich mich!« Pepas Mundwinkel zuckten. Ich streckte ihr die Hand hin. Pepa schlug ein.

»Die Wette gilt, und der Gewinner bekommt einen Triple-Schoko-Shake bei *Juicy Lucy*, okay?«

»Gut!« Pepa nickte.

»Fehlt nur noch ein Junge«, sagte Romy.

»Und an wen hast du da so gedacht bei meinem Date?«

Ich zückte mein Smartphone und setzte mich neben Pepa aufs Bett. »Na, das weiß ich auch noch nicht. Muss erst mal gucken, welche potenziellen Kandidaten zur Verfügung stehen.«

Ich scrollte durch meine Kontaktliste.

»Ah … wie wäre es mit Paul? Mit dem war ich im Kindergarten. Ist eigentlich ganz süß, aber er hat so einen Haartick. Muss ständig in seinen Locken herumfummeln.«

»Nee danke, wirklich nicht«, meinte Pepa.

»Hm … dann hätten wir hier noch Cem. Ach nee, der hat wohl eine Freundin.« Ich zeigte Pepa sein Profilbild, auf dem er gerade ein blondes Mädchen auf die Wange küsste.

Die Sache war schwieriger, als ich gedacht hatte.

»Ah, guck mal. Kennst du den noch?« Ich zeigte Pepa das Foto eines schwarzhaarigen Jungen. »Der war vor fünf Jahren bei meiner Kino-Geburtstagsparty. Allerdings musste er früher nach Hause, weil ihm vom Popcorn schlecht geworden ist …«

Pepa machte ein angewidertes Gesicht. »Also, Romy, ehrlich gesagt …«

»Ha!«, rief ich im selben Moment. »Jetzt weiß ich's. Mein Cousin Jan. Der ist total sportlich und würde wirklich gut zu dir passen.«

»Welchen Sport macht er denn?«, fragte Pepa.

»Keine Ahnung. Irgendwas mit Wasser. Vielleicht Schwimmen oder Tauchen? Ich schreib ihm mal, ob er Lust hätte, dich kennenzulernen.«

»Ach nee …«, sagte Pepa. »Das ist doch voll peinlich.«

»Aha. Du willst also schon aufgeben? Hallo, Schoko-Shake!« Ich grinste.

»Quatsch!« Pepa schüttelte den Kopf.

»Also, soll ich ihm schreiben?« Ich sah Pepa fragend an.

Die zögerte kurz und murmelte dann: »Okay!«

Ich nahm mein Smartphone und tippte:

Romy: Hi Janni-Bunny. Was geht ab? Wie sieht es momentan in Sachen Liebe bei dir aus?

Jan: Totale Flaute.

Romy: Lust auf ein Blind Date?

Jan: Mit wem denn?

Romy: Kennst du Pepa noch?

Ich suchte ein Foto von mir und Pepa heraus. Das hatte Greta letzten Sommer im Prinzenbad von uns gemacht.

Jan: Kommt mir nicht bekannt vor, aber sie ist voll hübsch. Gib mir doch mal ihre Nummer.

Ich zeigte Pepa die letzte Nachricht und fragte: »Soll ich?«

Pepa dachte eine ganze Weile nach. Ich sah, dass es hinter ihrer Stirn rumorte. Gleich macht sie einen Rückzieher, überlegte ich, aber dann warf Pepa ihre *Bravo Sport* auf den Boden und rief: »Ach … okay, was soll's. So schlimm wird es schon nicht werden.«

Ich sprang auf und tanzte durch Pepas Zimmer.

»Yeah … das wird so cool. Glaub mir!«

Ich ließ mich an das Fußende von Pepas Bett fallen. »Jetzt muss nur noch das Casting klappen.«

»Bist du schon nervös?«, fragte Pepa.

»Ja, total. Vor allem, weil ich echt viel üben muss.«

»Ich helfe dir«, sagte Pepa. Sie nahm einen großen Schluck Tee und murmelte dann in die Tasse. »Schön, dass du hier bist.«

FILMAB!

CASTINGTIPPS

EMOTIONEN ÜBEN

Stelle dich vor den Spiegel, und versuche, verschiedene Emotionen nur mit Mimik auszudrücken: Freude, Trauer, Wut, Aufregung, Angst, Überraschung ... usw. Anschließend kannst du diese Emotionen mit einem einfachen Satz verbinden, z. B.: *Ich gehe nach Hause*. Beobachte, wie sich die Wirkung des Gesagten mit dem Gesichtsausdruck verändert

STIMME

Für einen Schauspieler ist die Stimme eines der wichtigsten Ausdrucksmittel. Damit diese gut funktioniert und du auf der Bühne nicht verkrampfst, solltest du einige Lockerungsübungen machen:

- Grimassen schneiden
- Zungenschnalzen
- wie ein Pferd schnauben
- die Zunge durch den Mund kreisen lassen
- folgende Kombinationen mit lockeren Lippen sprechen: *BaBaBa, BomBomBom, BlaBlaBla*. Probiere dies auch mit den Vokalen *o* und *u*.
- Korkenübung: Klemme dir einen Korken zwischen die Zähne, und lies dabei deinen Text.

Außerdem besonders wichtig: Immer genug trinken!

TEXT MERKEN

- Lies deinen Text überall: auf dem Weg zur Schule, in der Badewanne, abends vor dem Einschlafen.
- Sprich den Text laut und übertrieben.
- Stelle dir die Szenen genau vor.
- Bewege dich während des Textlernens.
- Sprich den Text in verschiedenen Tonlagen.
- Schreibe Textpassagen auf, die du dir überhaupt nicht merken kannst, und pinne sie über dein Bett oder an die Klotür.
- Bitte deine Eltern oder Freunde, dir zuzuhören, wenn du deine Rolle sprichst.
- Nimm dich selbst mit deinem Smartphone auf, und hör dir das Gesprochene an.

CASTING-VORBEREITUNG

- Informiere dich über die gesuchte Rolle, die Produktion und den Ort, an dem das Casting stattfindet.
- Lerne deinen Text, bis du ihn im Schlaf beherrschst.
- Ruhe dich am Abend vor dem Casting gut aus.
- Passe dein Outfit der Rolle an.
- Nimm deine beste Freundin mit.
- Denk an Getränke und Essen.
- Erscheine pünktlich zum Casting.
- Sei selbstbewusst, und lass dich nicht von deiner Konkurrenz einschüchtern.

KAPITEL 12

Heute ist der große Tag ...
bin soooo aufgeregt!!!

»Wie war noch mal der erste Satz?«

»Unsre Liebe ist schon lange Geschichte«, sagten Pepa, Greta und Josi gleichzeitig.

»Ach ja, stimmt ...« Ich fächelte mir mit den Textblättern Luft zu und versuchte, ruhig durch die Nase zu atmen.

Oh Mann! Ich war so aufgeregt. In ein paar Stunden würde ich vor der Jury stehen und wäre nicht mehr Romy, sondern Maja. Ein schüchternes Mädchen, das nach Berlin abgehauen war, weil sie schrecklichen Liebeskummer hatte und ihre große Schwester Clara endlich wiedersehen wollte.

Um mich richtig gut in die Rolle einzufühlen, hatte ich neben dem Texttraining die ganze Woche Emotionen mit meinen Freundinnen geübt. Eigentlich war ich perfekt vorbereitet, aber

trotzdem hatte ich das Gefühl, dass nachher alles schiefgehen würde.

»Hoffentlich hab ich keinen Blackout wie beim Vorsprechen in der Theater-AG.« Bei dem Gedanken daran begannen meine Hände sofort zu zittern.

Wir standen im vollkommen überfüllten Bus, der uns von Potsdam zu den Babelsberger Filmstudios brachte. Ich beäugte die Leute um mich herum. Viele waren in meinem Alter. Bestimmt wollten alle zum Casting und mir meine Rolle wegschnappen. Ich wischte die schweißnassen Finger an meiner Hose ab. Genau in diesem Augenblick fuhr der Bus um eine scharfe Kurve. Ich verlor den Halt und konnte mich gerade noch an Josi festklammern. Die legte mir beruhigend die Hand auf den Arm. »Du hast bestimmt keinen Blackout. Denk dir einfach eine Eselsbrücke aus.«

Ich beobachtete Pepa, die ihre Mundwinkel zu einer erbosten Grimasse verzog. Ich spitzte meine Lippen und warf ihr einen Luftkuss zu. Sie hatte mir bei unserem Gespräch letzte Woche versprechen müssen, nicht mehr auf Josi eifersüchtig zu sein. So richtig gut klappte das aber noch nicht.

»Und wie sieht diese Eselsbrücke aus?«, fragte ich.

»Hm … lass mich mal überlegen. *Unsre Liebe ist schon lange Geschichte*«, sagte Greta und blickte aus dem Fenster.

»Jep. Ich weiß es! Du musst an die Nacktschnecke denken.«

»Genau«, rief Pepa. »Die Nacktschnecke in einer Herzchenunterhose. Dann hast du die Liebe auch gleich untergebracht.«

Josi kicherte. »Hoffentlich kommt er niemals *so* in den Unterricht!«

Der Bus hielt an. Vor uns lag das Gelände der Babelsberger Filmstudios. Hier waren richtig coole Filme gedreht worden: *Der Vorleser, Die Tribute von Panem, Die Schöne und das Biest …* und dann natürlich *Sterne über Berlin*. Vielleicht war ich bald ein Teil der Crew und würde hier jede Menge Zeit verbringen. Bei dem Gedanken daran begann mein Herz wie verrückt zu flattern. Jeder Kolibri wäre neidisch geworden.

Als wir auf dem Bürgersteig standen, schaute sich Greta um und fragte: »Wo musst du denn jetzt hin?«

Ich ließ meinen Blick über den Vorplatz schweifen. Die meisten Leute strömten zu einem großen grauen Gebäude mit einer riesigen Glasfront.

Ich deutete mit dem Finger darauf und sagte: »Dahin!«

Seit einer Stunde saßen wir zwischen Hunderten von Leuten auf dem Boden in der großen Halle und vertrödelten die Zeit, bis ich endlich mit dem Casting an der Reihe war.

Ich war die Nummer 113. Bestimmt musste ich noch ewig warten, bis ich aufgerufen wurde.

In Gedanken ging ich immer wieder meinen Text durch und machte zwischendurch ein paar von Mamas Atemübungen.

»Greta, kommst du nun eigentlich auch mit auf die Mittelstufenparty?«, fragte Josi und holte einen Schokoriegel aus ihrer Tasche. Die hatte sie als Nervennahrung mitgenommen.

Greta antwortete nicht, sondern starrte auf ihr Smartphone.

Josi warf Pepa und mir einen irritierten Blick zu.

»Süße, hier ist smartphonefreie Zone. Dein Handy stört mein Qi!«, rief ich und guckte neugierig auf das Display.

Die YouTube-App war geöffnet.

»Was machst du denn da?«, fragte ich.

»Nichts«, sagte Greta und ließ das Handy in ihrer Hosentasche verschwinden. Ich sah sie skeptisch an. »Du hast doch gerade …«

»Schau mal, Romy.« Josi rüttelte an meinen Schultern und deutete zur Anzeigentafel, die die nächsten Teilnehmer aufforderte, sich für das Casting bereit zu machen.

»Da steht schon die 113!«

»WAS?«, kreischte ich und sprang auf. »Aber ich bin doch noch gar nicht so weit. Wollte noch mein Make-up auffrischen und einen Salbeitee für entspannte Stimmbänder trinken.«

»Tja, das ist jetzt wohl zu spät.« Pepa klopfte mir auf die Schulter.

»Dein Make-up sieht super aus, und deine Stimmbänder sind so was von relaxt«, sagte Greta und drückte mich ganz fest an sich.

Josi zappelte neben uns herum, und als mich Greta losgelassen hatte, umarmte auch sie mich. »Du schaffst das! Toi, toi, toi! Eigentlich spuckt man ja.« Sie runzelte die Stirn. »Warum eigentlich? Irgendwie ist das eklig.«

»Wie?«, stotterte ich. Mein Ge-

hirn war in eine Schreckstarre gefallen. Denken – vollkommen unmöglich!

»Egal, nicht so wichtig«, sagte Josi. »Komm, wir müssen los!«

Meine Freundinnen nahmen mich in die Mitte und brachten mich zum Castingeingang, wo ich einem blonden Jüngling mit Nasenpiercing und Igelfrisur meinen Anmeldebogen zeigen musste.

Der gab etwas in seinen Laptop ein und winkte mich durch die Absperrung. Ich warf Pepa, Josi und Greta einen letzten verzweifelten Blick zu, und dann war ich mit meiner Panik allein.

Der Piercing-Igel begleitete mich in einen kleinen Warteraum. Dort saß schon ein anderes Mädchen, das gerade dabei war, seine Fingernägel abzukauen. Als sie mich sah, wechselte ihre Gesichtsfarbe von Zahnpastaweiß zu Ingwergelb, und sie würgte: »Ich glaub, ich muss mal auf Toilette!«

»Äh … viel Glück!«, rief ich ihr hinterher und wäre am liebsten mitgelaufen.

In den letzten Stunden hatte ich nur den Augenblick herbeigesehnt, in dem ich endlich vor die Jury treten und mein Schauspieltalent unter Beweis stellen konnte. Aber jetzt, da es so weit war, ging mir alles viel zu schnell. Ich massierte meine Ohrläppchen. Das sollte laut Mama die Energien fließen lassen. Außerdem beschäftigte es meine zittrigen Hände.

Eigentlich konnte gar nichts schiefgehen, aber jetzt flüsterten mir die fiesen kleinen Zweifelzwerge ins Ohr, dass man sich niemals ZU sicher sein dürfe. Schließlich hatte das mit dem Videodreh auch nicht hingehauen, obwohl ich total von mir überzeugt gewesen war.

Was, wenn Timo Winter mein Schauspiel live total grottig fand? Dann war's das mit meiner Soap-Karriere – für immer und ewig!!!

»Die Nummer 112. Lisa Steffens?«

Eine grauhaarige Frau im roten Strickkleid riss mich aus meiner trüben Gedankenwolke und guckte fragend zu mir.

»Äh … was? Nein, die 112 ist auf dem Klo und kommt, glaub ich, nicht wieder«, stotterte ich.

Die Frau zog die Augenbrauen hoch und strich etwas auf ihrem Klemmbrett durch.

»Gut, dann 113. Romy Shiva Westing, oder?« Sie lächelte. »Dich kenne ich ja schon aus dem Bewerbungsvideo. Komm mit!«

Ich folgte ihr in einen großen, fensterlosen Raum, der mich ein bisschen an ein Theater erinnerte. Es gab eine Bühne, die von mehreren Scheinwerfern hell erleuchtet wurde. Davor standen eine Kamera und ein schwarzer Flügel.

Hoffentlich musste ich nicht singen …

Mein Blick wanderte weiter zu drei sehr gemütlich aussehenden Korbsesseln. In einem davon saß Timo Winter und grinste mich an. Diesmal hatte er das Hipster-Outfit gegen den seriösen Businessman-Look getauscht. So kannte ich ihn aus *Sterne über Berlin*. Dieses vertraute Bild beruhigte mich ein bisschen.

»Hallo, Romy. Schön, dass du da bist!«, sagte Timo Winter.

»Das sind Bernadette Mirabout, die Regisseurin, und Axel Simon, der Headwriter. Die beiden musst du heute ganz besonders überzeugen!« Timo Winter lachte.

»Let's go. Ab mit dir auf die Bühne«, sagte Axel Headwriter

und schob seine Nickelbrille auf die Nase. Als Autor war dieses Accessoire offensichtlich ein Must-have, um besonders intelligent auszusehen. Bei mir hatte es seine Wirkung nicht verfehlt. Ich fühlte mich von ihm so eingeschüchtert, dass meine Knie vollkommen unkontrolliert zu schlackern begannen und ich nur mit Mühe die Stufen zur Bühne erklimmen konnte.

Als ich endlich angekommen war, fühlte ich mich dort oben ziemlich verloren. Unter den Scheinwerfern begann ich ganz schrecklich zu schwitzen. Peinlich. Wurde man beim Film nicht immer abgepudert? Da keine Maskenbildnerin in Sicht war, tupfte ich die Schweißperlen so unauffällig wie möglich mit meinem Ärmel weg.

»So, dann erzähl uns doch ein bisschen was von dir.«

Bernadette Mirabout hatte wieder Klemmbrett und Kugelschreiber gezückt und blickte mich erwartungsvoll an.

Das würde ich gerade noch hinbekommen.

»Ich heiße ... Roggrrzz ...« Falsch gedacht. Von wegen relaxte Stimmbänder! In den letzten fünf Minuten musste sich eine dicke Schicht Rost auf ihnen angesammelt haben. Kein Wunder, mein Mund war trockener als die Wüste Gobi.

Ich räusperte mich ein paarmal und startete einen neuen Vorstellungsversuch: »Also, ich heiße Romy Shiva Westing, bin 14 Jahre alt, wohne in Berlin-Friedrichshain und ...«

»Nein, nein! Romy – stop it!« Axel Headwriter hatte seine Nickelbrille abgenommen und fuchtelte damit wild in der Luft herum. »Du musst in die Kamera sprechen. Sonst können wir nicht sehen, ob du on point bist. Okay?«

Erst jetzt bemerkte ich den kleinen Bildschirm, der vor der Jury stand. Die Vorstellung, dass mich Bernadette, Timo und Axel in Nahaufnahme betrachteten, machte mich noch viel nervöser. Bestimmt fragten sie sich gerade, warum ich so schreckliche rote Flecken auf den Wangen hatte.

Ich fuhr mir mit den Fingern durch die Haare und ließ sie wie einen Vorhang über mein Gesicht gleiten.

Bernadette Mirabout warf mir einen irritierten Blick zu.

»Kannst du deine Haare vielleicht zusammenbinden? Sonst können wir deine Mimik nicht erkennen.«

Hmpf. Na toll. Ich zog einen Haargummi aus meiner Hosentasche und band meine Mähne zu einem lockeren Knoten.

Gerade wollte ich zum dritten Mal mit meiner Vorstellung ansetzen, da sagte Timo Winter: »Wie wäre es, wenn Romy jetzt mal ihre Szene vorspielt, die sie vorbereitet hat?«

Diese Planänderung brachte mich nun vollkommen aus dem Konzept. Wie war noch gleich der Anfang? Mist.

Eselsbrücke … Ich musste an die Eselbrücke denken.

Vor meinem inneren Augen erschien das Bild der Nacktschnecke, die in Herzchenunterhose auf einem Skateboard in der Bowl herumdüste. Ich schloss die Augen und atmete tief durch. Mein Herzschlag beruhigte sich. Überhaupt schien sich mein ganzer Körper zu entspannen.

Ein Gefühl der Leichtigkeit durchströmte mich.

Alles war gut.

In mir veränderte sich etwas:

Ich war jetzt Maja.

Todtraurig, weil mich mein Freund verlassen hatte, und voller Sehnsucht nach meiner großen Schwester.

Ich öffnete meine Augen. Mir war egal, was die Jury über mich dachte. Ich wollte einfach nur spielen. Mit festem Blick schaute ich in die Kamera und sagte: »Unsre Liebe ist schon lange Geschichte …«

Als ich den Castingraum verließ und die stickige Wartehalle betrat, fühlte ich mich schwummrig. Keine Ahnung, was da gerade mit mir passiert war. Irgendwie kam mir alles total unwirklich vor.

Meine Szene hatte ich ohne Texthänger gespielt. Ich konnte mich gar nicht mehr richtig daran erinnern. Nur, dass ich mich dabei so frei wie noch nie gefühlt hatte.

Irgendwann hatte Bernadette Mirabout: »Danke, Romy. Das war gut. Wir melden uns bei dir«, gesagt, und jetzt stand ich hier und sah Josi und Greta auf mich zustürmen.

»Und wie war's?«

»Hast du die Rolle?«

»War ganz gut, glaub ich. Aber lieber mal noch keine Hoffnungen machen.«

»Mensch, Romy. Seit wann bist du denn so bescheiden?« Greta lachte.

»Nicht bescheiden, realistisch«, sagte ich.

Wow. In den letzten zwanzig Minuten war ich offensichtlich echt weise geworden …

»Fine! Hallo … Fine!«

Ich stupste Josi an und deutete auf ein rothaariges Mädchen, das uns wie ein außer Kontrolle geratener Scheibenwischer zuwinkte. »Du, ich glaube, die meint dich.«

»Nee, bestimmt nicht.« Josi drehte sich weg und studierte einen Castingflyer.

»Doch …«, flüsterte ich. »Sie kommt zu uns rüber.«

Josi seufzte. Sie steckte den Flyer in die Hosentasche und sagte wenig begeistert: »Hallo, Claudi.«

»Hey … voll cool, dich mal wieder zu sehen.« Das Mädchen namens Claudi strahlte uns an. »Ihr wart ja so schnell weg, dass wir uns gar nicht richtig verabschieden konnten.«

Josis Ohren waren himbeerrosa angelaufen, und sie zwinkerte wie verrückt mit den Augen. Das hatte sie schon lange nicht mehr gemacht.

Claudi kam noch einen Schritt näher. »Sag mal, wie geht es denn dei…«

»Guckt mal, da kommt Pepa!« Josis Arm schnellte nach vorn.

Ich folgte ihrem Blick und konnte meine Freundin in der Menschenmenge erspähen. Sie war mit Getränken und Sandwiches beladen. Allerdings schwankte das Transportgut gefährlich.

»Sorry, Claudi, wir müssen jetzt wirklich los. Tschüssi!«

Josi zog mich am Ärmel davon. Ich warf dem Mädchen einen entschuldigenden Blick zu und fragte mich, warum sich Josi so komisch benahm. Irgendwann würde ich sie darüber ausfragen, aber jetzt mussten wir erst mal Pepa erlösen.

Auf dem Weg zurück nach Berlin guckte ich alle zwei Minuten auf mein Smartphone. Ich wusste natürlich, dass vor dem Ende des Castingtages nichts entschieden wurde, aber trotzdem wollte ich sofort bereit sein, wenn sich Timo Winter bei mir meldete.

Zu Hause ließ ich mich auf mein Bett fallen. Aus meinem Laptop dudelte die Titelmelodie von *Sterne über Berlin* in Dauerschleife. Vielleicht konnte ich ein bisschen schlafen? Ich schloss meine Augen und blieb eine halbe Minute reglos liegen. Nein, ich war viel zu aufgeregt.

Irgendetwas Sinnvolles machen, das war jetzt genau das Richtige. Nur was?

Hausaufgaben?

Fingernägel lackieren?

Zimmer aufräumen?

Klang alles irgendwie nicht verlockend.

Ich machte die Augen wieder auf. Die Lichterkette warf ein schummriges Licht auf meine Fotowand. Vielleicht wurde es mal Zeit, einige Bilder auszutauschen.

Mein Blick blieb an dem Badeschifffoto, auf dem Ben im Hintergrund zu sehen war, hängen.

Vor allem DAS wollte ich nicht mehr sehen. Ich grabschte es von der Wand und hätte es am liebsten in hundert kleine Stücke zerrissen. Aber da waren ja auch Greta und Pepa drauf.

Die sollten nicht zerkleinert werden. Außerdem würden mir meine Enkelkinder später kein Wort glauben, wenn ich ihnen von meiner ersten großen Liebe erzählte und es keine Beweise gab. Nein. Ich durfte die Erinnerungen nicht kaputt machen. Ich musste sie irgendwohin sperren, wo ich sie nicht ständig sehen musste.

In einen Ben-Erinnerungsschrein …

Ich holte einen alten Schuhkarton, wanderte durch mein Zimmer und sammelte alles ein, was mich irgendwie an Ben erinnerte: das Kleid vom Theater-AG-Vorsprechen, eine Colaflasche, die er nach der Schule mal in den Mülleimer geworfen hatte, jedes Foto, auf dem auch nur ein Fingernagel von ihm zu sehen war, und die Tarotkarte mit dem Ass der Stäbe.

Alles landete im Karton, und mit jedem Teil fühlte sich mein Herz ein kleines bisschen leichter an.

Ich verstaute die Gedenkstätte in der hintersten Ecke meines Schranks, legte mich ins Bett und schlief sofort ein.

Als ich am nächsten Morgen aufwachte, fühlte ich mich richtig frei und glücklich. Ich drehte mich zu meinem Wecker um, und das gute Gefühl verflog sofort.

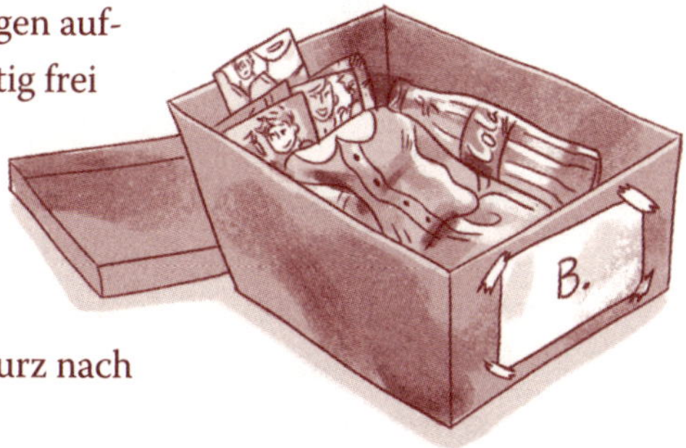

Mist! Mist! Mist! Schon kurz nach halb elf.

In einer halben Stunde war ich mit Greta, Pepa und Josi am Boxi verabredet. Das schaffte ich niemals.

Ich musste den Mädels schreiben, dass ich fünfzehn Minuten später kam. Ich wühlte mein Handy unter der Bettdecke hervor und erstarrte, als ich auf das Display guckte.

Neue Nachricht von Timo Winter.

Liebe Romy,

heute hast Du uns mit Deiner Performance wirklich umgehauen. Wir freuen uns, Dir mitzuteilen, dass wir die Rolle der Maja gern mit Dir besetzen würden.
Weitere Infos folgen am Montag. Jetzt lass Dich erst einmal feiern. Du hast es wirklich verdient!

Viele Grüße
Boris

Passierte das gerade wirklich? Vielleicht war es nur ein besonders realistischer Tagtraum?!

Ich las die Nachricht noch einmal ... und noch einmal.

Nach zehn Durchgängen und einem großen blauen Fleck auf

meinem Unterarm war ich mir sicher, dass ich mich nicht verlesen hatte.

Ich spielte bei *Sterne über Berlin* mit!

»UUUAAAAH!!!!«

Ich sprang auf mein Bett, ließ mich fallen und machte dabei immer wieder meinen Tarzan-ruft-Jane-Urwaldschrei.

Meine Zimmertür wurde aufgerissen. Mama stürzte herein und schrie: »Romy, hast du dich verletzt?«

»Nein«, johlte ich, lief auf Mama zu und fiel ihr um den Hals.

»Na, womit hab ich denn das verdient?«, fragte Mama lachend.

»Ich glaube, an der Sache mit dem guten Karma ist schon was dran«, sagte ich und drückte ihr einen dicken Kuss auf die Wange.

Mama strahlte über das ganze Gesicht. Ich strahlte zurück. Dann lief ich ins Bad, putzte mir die Zähne, zog mich an und kämmte mir meine Haare. Für mehr war keine Zeit. Es gab schließlich Wichtigeres.

»Ciao, Mama! Ich bin beim Boxi-Flohmarkt!«, rief ich und war schon aus der Tür hinaus.

Ich rannte durch die Simon-Dach-Straße. Vorbei an Emres Späti und *Juicy Lucy*. Ich bog um die Ecke, überquerte die Straße und war am Boxhagener Platz. Im dichten Flohmarktgedränge konnte ich nicht mehr ganz so schnell laufen.

»Na, Kleene, was haste es denn so eilig?« Ich drehte mich abrupt um und wäre fast in einen Stand mit antiken Nachttöpfen gekracht.

Vor mir stand Waldemar und zwirbelte seinen Schnurrbart um den Finger.

»Wat macht die Liebe, junges Frollein?«

»Nicht viel«, schnaufte ich. Vom Rennen war ich ganz schön außer Atem. »Aber das Kleid hat mir trotzdem Glück gebracht! Ich werde jetzt Schauspielerin!«

»Na, det passt. Aber wat ist mit mir als Namensvetter?« Waldemar stemmte seine Hände in die Hüften und zeigte mir sein schönstes Schnurrbartgrinsen.

Ich überlegte kurz. »Geht auch mein erster Hund?«

»Na jut. Abjemacht!«, lachte Waldemar.

Ich setzte wieder zum Sprint an.

Ich konnte meine Freundinnen schon von Weitem auf unserer Bank sitzen sehen. Ich zog meinen roten Schal vom Hals, wirbelte ihn in der Luft herum und brüllte: »Ich hab die Rolle!«

Pepa, Greta und Josi schauten sich irritiert an. Offensichtlich hatten sie nichts verstanden.

Ich lief weiter, formte meine Hände zu einem Trichter und schrie wieder: »ICH HAB DIE ROLLE!«

Greta sagte etwas zu Pepa und Josi. Die drei begannen zu lachen. Dann sprangen sie auf und rannten auf mich zu.

Wir fielen uns in die Arme und hüpften kreischend und jubelnd im Kreis herum.

Als ich wieder aufschaute, waren einige Touristen neben uns stehengeblieben und hatten ihre Smartphones auf uns gerichtet.

»Ist das eine besondere Art, zu tanzen?«, fragte eine Frau mit blonden Locken.

»Ja«, gluckste Pepa. »Das ist ein südamerikanischer Freudentanz.«

»Genau. Unsere Freundin wird nämlich ein Filmstar!«, rief Josi und wurde sofort ein bisschen rosa um die Sommersprossen.

»Echt?« Ein kleines Mädchen trat einen Schritt nach vorn und hielt mir einen Lillifee-Block vor die Nase.

»Kann ich ein Autogramm haben?«

Ich zögerte kurz. »Also eigentlich bin ich …«

»Na klar!« Greta drückte mir einen Edding in die Hand und schob mich zu ihr hinüber.

Ich setzte mit Schwung an und schrieb meinen Namen auf das rosa Papier. An meinem Handgelenk klimperte der Oscaranhänger von Pepa, und ich fühlte mich einfach nur glücklich.

Es war zwar noch nicht Nacht, aber in diesem Augenblick leuchteten eine Million Sterne über Berlin. Nur für mich!

EPILOG

»Wie, du hast Jan eingeladen?« Pepa guckte mich mit entsetzten Augen an, während wir über die Straße gingen.

Sie sah hübsch aus. Heute trug sie die Haare offen. Zu ihrer Jeans hatte sie ein schwarzes Top angezogen.

»Na, dann könnt ihr euch vor dem ersten großen Date mal ein bisschen beschnuppern. Du willst deine Wette doch gewinnen, oder?« Ich strich eine Falte aus meinem roten Kleid und lächelte. Pepa lächelte nicht. Ihre Gesichtsfarbe hatte einen leichten Grünstich angenommen.

»Wenn du ihn schrecklich findest, kann man sich auf der Mittelstufenparty super aus dem Weg gehen«, meinte Greta und legte Pepa beruhigend die Hand auf die Schulter.

»Genau«, sagte Josi.

»Außerdem sind wir ja zum Tanzen hier!« Ich drehte mich übermütig um eine Straßenlaterne. »Schade, dass der *Sterne über Berlin*-Tanzkurs erst nächste Woche anfängt. Sonst hättest du Jan schon mal mit ein paar coolen Moves beeindrucken können.«

Pepa presste die Lippen zusammen und warf mir einen finsteren Blick zu. »Aber ihr lasst mich auf keinen Fall mit ihm allein!«

»Quatsch. Niemals«, rief ich. »Entspann dich einfach!«

Wir hatten unsere Schule erreicht. Abends dort zu sein war seltsam. Aus der Turnhalle drang Musik, es roch nach Grillwürstchen, und die Schüler sahen alle ganz anders aus. Irgendwie viel hübscher. Ich guckte mich auf dem Schulhof um.

»Ah, da vorne ist er ja schon.« Ich deutete auf einen blonden Jungen, der sich vor Ottokar dem Unberechenbaren platziert hatte und von einem Fuß auf den anderen wippte. Aus Pepas Hals kamen seltsame Geräusche. Ich hakte mich bei ihr unter, um sie an einer möglichen Flucht zu hindern. Sicher war sicher.

»Der sieht nicht schlecht aus!«, raunte Greta.

»Finde ich auch«, flüsterte Josi und wäre fast über ihr Kleid gestolpert. Aus Pepas Miene konnte ich nicht schließen, ob sie meinen Cousin gut fand.

Als wir vor dem Springbrunnen angekommen waren, rief ich: »Hi, Janni Bunny!«, und grinste über das ganze Gesicht. »Cool, dass du gekommen bist. Das sind meine Freundinnen Pepa, Josi und Greta.« Ich schob Pepa ein Stück nach vorne. Sie war steif wie ein Surfbrett und guckte auf den Boden.

Jan zupfte seinen Hemdkragen zurecht und schüttelte allen die Hand.

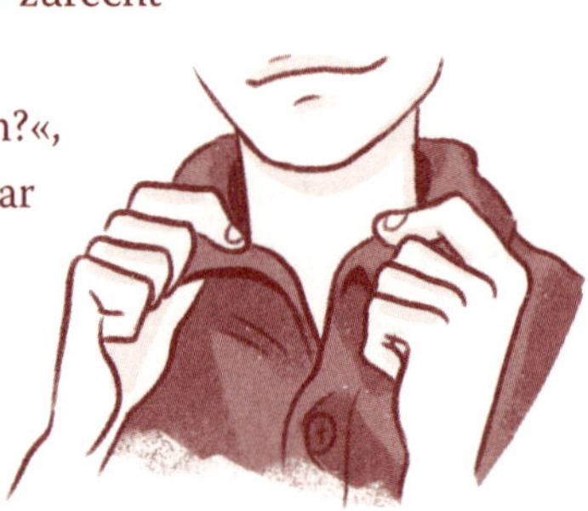

»Auf welche Schule gehst du denn?«, fragte Greta. In Sachen Smalltalk war auf sie Verlass.

Jan räusperte sich. »Auf das Schiller-Gymnasium in Wilmersdorf.«

»Oh, dann musstest du ja richtig weit fahren«, sagte Josi.

»Na ja, nicht so schlimm. Wenn mich Romy mal auf eine Party einlädt, komm ich doch gerne.« Jan lachte. Greta und Josi stimmten mit ein.

Jemand hatte die Tür zur Turnhalle aufgemacht. Die Musik war jetzt viel lauter. Ich schaukelte mit dem Kopf im Takt und rief: »Dann gehen wir mal rein, oder? Ich brauch dringend eine Pepsi.«

Jan und meine Freundinnen setzten sich in Bewegung. Ich blieb ein kleines Stück zurück und guckte mir Pepa und Jan von hinten an. Hach… die beiden wären ein richtig tolles Paar. Das würde super werden … ganz bestimmt!

PSYCHOTESTS AUSWERTUNG

Bist du die geborene Schauspielerin?

8–15 Punkte

Du guckst anderen gerne zu, wenn sie auf der Bühne stehen. Dir selbst ist das Rampenlicht, aber ein kleines bisschen zu hell. Macht nichts! Du hast jede Menge andere Talente mit denen du glänzen kannst. Zeig der Welt was in dir steckt!

16–23 Punkte

Keine Frage, in dir schlummert eine Schauspielerin! Auch wenn du manchmal noch unsicher bist – auf der Bühne fühlst du dich richtig gut. Nutze jede Gelegenheit um dich auszuprobieren. Dann wirst du deinem Traum bald ein großes Stück näher kommen.

24–32 Punkte

Du bist die geborene Schauspielerin! Wichtig ist, dass du nun dein Ziel nicht aus den Augen verlierst: Sammle Erfahrungen auf der Bühne, gehe zu Vorsprechen oder nimm Schauspielunterricht. Mit viel Übung und ein wenig Glück wirst du irgendwann die Queen von Hollywood sein.

Ist er in dich verliebt?

0–2 × Ja	Bisher hat der Liebesblitz noch nicht bei ihm eingeschlagen. Aber keine Sorge, wenn er nicht dein Mr. Right ist, wartet der nächste Traumprinz schon auf dich. Halte die Augen offen!
3–6 × Ja	Dein Schwarm scheint dich richtig gut zu finden. Nur manchmal weiß er noch nicht, wie er dir das zeigen soll. Vielleicht ist er schüchtern? Sei mutig, und mache den ersten Schritt!
7–10 × Ja	Zwischen euch sprühen die Funken. Ihr beide gehört einfach zusammen. Genieße das Gefühl, dass DU die EINE für ihn bist. Die Wolke sieben wartet nur auf euch!

7 FRAGEN AN KATHRIN LENA ORSO

1 3 Sätze über Dich:

Songdichterin und Geschichtenjunkie
Hundemama und Hühnerfreundin
Kreativköchin und Gartenbuddlerin

2 Warum Oetinger34?

Oetinger34 ist genau zur richtigen Zeit in mein Leben gekommen. Der Verlag gibt Jungautoren wie mir die Chance, außergewöhnliche und kreative Buchprojekte mitzugestalten.

3 Was ist das Besondere an Deinem Text?

Was ich selbst am liebsten an meinem Text mag, ist Romys Humor. In welche Situation sie auch gerät: Romy hat immer einen witzigen Spruch parat und verliert nie ihr Lächeln. In ihre sonnige Welt einzutauchen hat richtig viel Spaß gemacht.

4 Ein Gruß an Deine Leser:

Egal ob Ihr Schauspieler, Sportler, Musiker, Modedesigner oder etwas ganz anderes seid: Glaubt an Euch selbst und an Eure Träume! Your Style eben …

5 Kino oder Theater:

☒ ○

6 Erdbeer-Smoothie oder Schokomuffin:

○ Am besten beides ○

7 Liebesorakel oder Tarotkarten:

☒ ○

7 FRAGEN AN LISA BRENNER

1 3 Sätze über Dich:

Ich bin Lisa und wohne am Ende der Welt, aber das ist okay. Ich brauche nichts außer Zeichnen, Musik, Gedanken, ein paar wichtige Menschen und ein bisschen Natur. Und Geld (leider).

2 Warum Oetinger34?

Oetinger34 gibt vor allem Neulingen die Chance, tolle Projekte zu machen. Als Frischling ist es schwer, sich zwischen die alten Hasen zu drängeln, da hilft Oetinger34 schon sehr, einen Fuß in die Branche zu bekommen.

3 Was ist das besondere an deinen Bildern?

Dynamisch und liebenswürdig (hoffe ich) ;) Ich zeichne am liebsten süße/hübsche/freche Figuren, und davon gab es bei Romy einige!

4 Ein Gruß an Deine Leser:

Macht das, was ihr liebt, so viel es geht!

5 Kino oder Theater:

☒ ○

6 Erdbeer-Smoothie oder Schokomuffin:

○ ☒

7 Liebesorakel oder Tarotkarten:

○ Keins von beiden ○

!!! TOP SECRET!!!
INSTYLE